Contemporánea

Luis Humberto Crosthwaite (Tijuana, 1962) es el escritor más emblemático de la frontera norte de México. Autor de la clásica saga norteña *Idos de la mente: la increíble y (a veces) triste historia de Ramón y Cornelio*, así como de los libros *La luna siempre será un amor difícil*, *Instrucciones para cruzar la frontera*, *Aparta de mí este cáliz* y *Tijuana: crimen y olvido*. Su título más reciente es *El último show del Elegante Joan*. Ha sido editor, traductor y tallerista; se describe a sí mismo como "un ruco que escribe, lee, canta y se la pasa bien (cuando puede)". Fiel amante de la música norteña y los tacos de carne asada. Su trayectoria literaria fue galardonada con el Premio Nacional de Letras Sinaloa 2024.

Luis Humberto Crosthwaite

Instrucciones para cruzar la frontera

DEBOLS!LLO

El papel utilizado para la impresión de este libro ha sido fabricado a partir de madera procedente de bosques y plantaciones gestionadas con los más altos estándares ambientales, garantizando una explotación de los recursos sostenible con el medio ambiente y beneficiosa para las personas.

Instrucciones para cruzar la frontera

Primera edición en Debolsillo: julio, 2025

D. R. © 2002, Luis Humberto Crosthwaite

D. R. © 2025, derechos de edición mundiales en lengua castellana:
Penguin Random House Grupo Editorial, S. A. de C. V.
Blvd. Miguel de Cervantes Saavedra núm. 301, 1er piso,
colonia Granada, alcaldía Miguel Hidalgo, C. P. 11520,
Ciudad de México

penguinlibros.com

Diseño de portada: Penguin Random House
Ilustración de portada: © Jorge Aviña Ávila, basada en la fotografía por Camila Jurado usando la cámara Leica Q3 43
Fotografía del autor: © Karla Rojas Arellano

Penguin Random House Grupo Editorial apoya la protección del *copyright*.
El *copyright* estimula la creatividad, defiende la diversidad en el ámbito de las ideas y el conocimiento, promueve la libre expresión y favorece una cultura viva. Gracias por comprar una edición autorizada de este libro y por respetar las leyes del Derecho de Autor y *copyright*. Al hacerlo está respaldando a los autores y permitiendo que PRHGE continúe publicando libros para todos los lectores.

Se reafirma y advierte que se encuentran reservados todos los derechos de autor y conexos sobre este libro y cualquiera de sus contenidos pertenecientes a PRHGE. Por lo que queda prohibido cualquier uso, reproducción, extracción, recopilación, procesamiento, transformación y/o explotación, sea total o parcial, ya en el pasado, ya en el presente o en el futuro, con fines de entrenamiento de cualquier clase de inteligencia artificial, minería de datos y textos, y en general, cualquier fin de desarrollo o comercialización de sistemas, herramientas o tecnologías de inteligencia artificial, incluyendo pero no limitado a la generación de obras derivadas o contenidos basados total o parcialmente en este libro y cualquiera de sus partes pertenecientes a PRHGE. Cualquier acto de los aquí descritos o cualquier otro similar, así como la distribución de ejemplares mediante alquiler o préstamo público, está sujeto a la celebración de una licencia. Realizar cualquiera de esas conductas sin licencia puede resultar en el ejercicio de acciones jurídicas.
Si necesita fotocopiar o escanear algún fragmento de esta obra diríjase a CeMPro (Centro Mexicano de Protección y Fomento de los Derechos de Autor, https://cempro.org.mx).

ISBN: 978-607-386-044-4

Impreso en México – *Printed in Mexico*

ÍNDICE

INTRODUCCIÓN

EN LA FRONTERA, EN LA FRONTERA, EN LA FRONTERA

> Aquí todo es diferente,
> todo, todo es diferente.
> JUAN GABRIEL

Mi cura principal y más querida, desde que me acuerdo, ha sido inventar historias. Lo disfruto más que comer, leer, ver cine, juegos de mesa, escuchar música o disfrutar la vida sencilla con mi morra. Y esto es mucho mucho decir porque me encantan, verdaderamente me encantan, esas actividades.

Yo era el típico chamaquillo que hablaba con su típico amigo imaginario, intercambiábamos anécdotas inventadas, bien locas y dramáticas. Más grandecito, yo le entraba duro al dibujo, puras rayitas y bolitas de personajes que realizaban actos heroicos y sufrían muertes terribles. Todo eso hubo que alimentarlo y la Yoya, mi amá, lo hizo con deleite comprándome libros que yo devoraba como termita del papel. Lo más natural era que yo quisiera copiar esas historias que leía. Así se plantó la semilla, así comencé el viaje. Lo mío es inventar historias. "Inventor-de-historias" es una buena descripción para mí. Y como cualquier artesano, a lo largo del tiempo he ido perfeccionando mi oficio (creo) y este libro (*Instrucciones para* bla, bla, bla) fue mi primer gran paso. Por primera vez construía no solo un volumen de cuentos, sino mi propia versión de un *concept album*, en donde cada historia estaba definida por un mismo tema global: las fronteras.

Antes de escribir los cuentos que aparecen en este libro, nunca había trabajado el tema FRONTERA de una forma consciente. Es más, hubo un momento en que ni siquiera lo hubiera llamado TEMA. Simplemente era lo que conocía. Como niño tijuanense, viviendo a finales de los sesenta, gozaba, sufría, respiraba y cagaba frontera, no había otro mundo para mí. Pero era indefinible, simplemente mi vida. Lo que me benefició fue que hacia los años noventa, las fronteras se volvieron un tema global. De pronto estaban de moda y en la conversación de todos, desde académicos hasta publicistas. Empezó a intelectualizarse, a crearse una explicación en el imaginario colectivo. Y yo ya estaba instalado con mis rollos en el centro de ese tema. Era como un continente que siempre había existido, pero que necesitaba que alguien *lo descubriera* para incluirlo en la discusión. Y pues sí, *me descubrieron* muchos alguienes a la vez; pero no solo académicos y publicistas (afortunadamente), sino un montón de lectores como tú (benditos sean por siempre). Nótese que digo montón y no chingos-y-chingos; tampoco soy JK Rollings. Suficientes lectores (digamos) como para cotorrear a gusto en las presentaciones de libro y recibir abrazos a granel. Bonito es lo bonito, no cabe duda.

* * *

Aunque *Instrucciones para* (bla bla bla) tuvo una primera edición en 2002, su versión definitiva apareció a mediados de 2011, cuando fue publicada por Tusquets. La primera, de Joaquín Mortiz, es elemental, apenas un brote. La segunda es más robusta y con hartas diferencias, comenzando por la dedicatoria.

Pocos meses antes de su publicación, pasé por Los Mochis, Sinaloa, para presentar una novela. Un profe muy querido, Álvaro Rendón, a quien afectuosamente llamábamos el Feroz, fue mi anfitrión y compañero en el evento. Pocas semanas después me enteré de que Álvaro había sufrido una muerte innecesaria y violenta, producto del desmadre generalizado de una "guerra contra el narcotráfico" que había declarado un presidentito cuyo nombre quisiera olvidar. Como estaba por publicarse la nueva versión de *Instrucciones para cruzar* (bla, bla, bla), me nació dedicársela al buen Feroz, no solo por la tristeza que me causó la noticia de la tragedia, sino porque su ausencia era una vergonzosa mancha, siniestra, de los tiempos que se vivían y de la frontera misma que yo retrataba en el libro.

En esa segunda edición incluí textos nuevos (*Corriendo...*, *Plumita...*, *El suave ritmo...*), saqué uno por innecesario y le cambié el título a otro (nomás porque sí). Nunca estoy conforme con mi trabajo, así que corregí las historias como si se tratara de un libro nuevo. El resultado es un trabajo más pulido y completo (creo), la versión definitiva, o sea esta que tienes en tus manos.

Escribí *La fila* como resultado de una amable invitación que me hizo Juan Villoro para colaborar en *La Jornada Semanal*. Tanto *El largo camino a la ciudadanía* y *Muerte y esperanza en la frontera norte* fueron escritos durante mi paso como columnista de un desaparecido diario de San Diego. *El hombre muerto pide disculpas* es el resultado de un sueño que tuve (la violencia no respeta ni los límites del inconsciente, carajo). *Mínima historia* es uno de mis pocos "narcocuentos"; quise reducir las acciones de los personajes a su mínima expresión, por eso es telegráfico y por eso el lenguaje se va disolviendo conforme avanza la historia. *Corriendo hacia el fuego* es un loco ejercicio de repetición hermosilla y sonora. *Plumita consentida, plumita de mi vida* es uno de esos textos favoritos que me gusta leer en voz alta. *El suave ritmo que hay en sus pestañas* es quizás el más verídico de todos los cuentos incluidos. Yo soy ese papá y las pestañas son las de mi hija Alejandra.

La inclusión más notable fue *Misa fronteriza*, que aparecía como posdata. *Bonus track* entonces, ahora parte oficial del libro. Era un texto que escribí para ser leído en voz alta y que he llevado personalmente a distintos lugares, como buen evangelista norteño que soy.

Revisitar la *Misa*, después de muchos años, me hizo preguntar si todavía era un texto vigente. Una de sus características es que no hay versión igual entre las muchas que he leído en público; tampoco la contenida en este volumen se parece a las anteriores. Aproveché para actualizar su discurso, aunque en el fondo sigue siendo el mismo. Las fronteras geográficas todo lo que hacen es cicatrizar al planeta, son uno de esos inventos humanos que solo sirven para restarnos humanidad.

La violencia que nos arrebató al Feroz en 2011, hoy en día continúa su presencia atroz, una mancha permanente sobre México. Mi libro (este libro que también es tuyo) es una mentada de madre, un aullido loco en respuesta a todo lo que nos duele y nos desgarra. Lo irónico es que también haya humor en sus historias. Y cómo no: somos mexicanos y así hemos sido siempre: sabemos vivir y transformar en risas los acontecimientos cotidianos, por más trágicos; sabemos instalarnos con comodidad en la frontera que divide a la lágrima de la carcajada. En la frontera, en la frontera, en la frontera.

Xalapa de Enríquez, abril de 2025

LHC y Álvaro Rendón durante la presentación de *Tijuana: crimen y olvido* en el Museo Regional del Valle del Fuerte, Los Mochis, Sinaloa, marzo de 2011.

A la memoria del maestro
Álvaro Rendón Moreno, feroz amigo,
lector y crítico, abatido el 25 de abril de
2011, víctima de una inútil guerra que
ensangrentó a Mexico (2006-2012).

Que las palabras pasen como
aeroplanos por encima de
las fronteras y las aduanas
y aterricen en todos los campos.
Vicente Huidobro

Quiero recordarle al gringo,
yo no crucé la frontera,
la frontera me cruzó.
ENRIQUE VALENCIA,
Los Tigres del Norte

RECOMENDACIONES

Piensa en esto: de preferencia no lo hagas. La verdad es que no vale la pena el ajetreo. Te lo dice quien confiesa haber cruzado la frontera unas catorce mil setecientas ochenta y ocho veces durante su vida, por trabajo, por ansiedad o por fastidio.

Atravesar una línea divisoria requiere de un esfuerzo intelectual, un conocimiento de que las naciones tienen puertas que se abren y se cierran; una idea fija de que un país, cualquiera que este sea, se guarda el derecho de admisión a sus jardines y podría echarte de ellos a la primera provocación.

No obstante, si recibes un llamado poderoso "como de sirenas, como de imán" y decides cruzar la frontera, te sugiero tomar en cuenta las siguientes recomendaciones:

- Se requiere que portes un documento que acredite tu nacionalidad y tus intenciones. Nada molesta más a los guardianes que una persona con objetivos poco claros. Debes ingresar al país vecino porque vas de compras (cuando hay especiales en las tiendas departamentales), para lavar tu ropa sucia (porque las aguas allá son más pulcras), para ir a Disneylandia ("el lugar más feliz del mundo"); en fin, para realizar faenas que no comprometan el *statu quo* de la sociedad que visitas.

- Está prohibido para el extranjero, y te lo señalarán con sus grandes dedos, recibir dinero a cambio de trabajo o trabajar a cambio de lo que sea. Por lo tanto, si cruzas para desempeñar una labor de lavaplatos, recolector de basura, mesero, sirvienta, oficinista, cajero, escritor, etcétera, deberás llevar a la mano una ficción que contarles, no importa que sea la misma cada vez.
- Es fundamental saber que las puertas están custodiadas por dos tipos de guardianes: unos llamados "Aduana" y otros llamados "Migra". Los primeros se interesan por lo que llevas contigo, que no sea fruta, que no sea droga; ellos suelen ser descorteses porque es parte de su trabajo, pero te dejan pasar algunas veces sin consultar tus documentos, sin mirarte a los ojos, sin pensar en tu vida. Los segundos, en cambio, son seres terribles. Auscultan tu mirada intentando encontrar propósitos ulteriores. Quieren quebrarte, quieren hacerte confesar que buscas trabajo pues apenas te alcanza para mantener a

tu familia. Quieren tener el gusto de arrojarte a los leones.

- La paciencia puede ser útil antes de cruzar la frontera. Si lo haces en automóvil o caminando, la espera podría ser infinita. Serás un integrante más de una eterna fila que no parece tener principio ni fin. Llévate una novela voluminosa, un radio, unas barajas, algún compañero con quién jugar una ronda de dominó o Monopolio.
- Aunque es difícil lograrlo, intenta asomarte para ver cuál de los dos tipos de guardianes cuida la fila donde te encuentras. Procura que sea Aduana, de lo contrario tendrás problemas. En caso de enfrentarte a un Migra, pídele a Dios que no pertenezca a lo que en el país vecino se conoce como "minoría", y de preferencia que no tenga ascendencia latinoamericana: se dice que son los peores porque saben que alguien los vigila para que cumplan cabalmente con su deber.
- Si cruzas en automóvil, que no te extrañe que algunos Aduanas se acerquen con un perro para que husmee tus alrededores. No te sientas humillado si el perro orina una de tus llantas. Tampoco sientas gusto.
- Al enfrentarte a uno de esos guardianes, debes llevar el pasaporte en la mano y la mente en blanco. Lo más apropiado es estar convencido de que ellos son seres omnipotentes, deidades, césares caprichosos capaces de arrojarte de su

imperio. Lo mejor es entregarte a sus designios, por más absurdos que estos parezcan.

- Un diálogo típico podría ser así:

—¿Qué trae de México?

—Nada.

—¿Qué trae de México?

—Nada.

—Tiene que contestar "sí" o "no". ¿Qué trae de México?

—No.

—Está bien. Puede pasar.

Espero que estos consejos resulten útiles. Procura llevarlos en una bolsa y repasarlos antes de intentar el ingreso al país vecino. Hay quienes opinan que trasponer la frontera es un arte, que no debe ser un acto sencillo como el que se describe en este texto, que debe requerir cierto esfuerzo de la imaginación. Por eso algunas personas de alma aventurera prefieren hacerlo por espacios remotos, de difícil acceso; lugares que son custodiados con recelo por los más amplios recursos tecnológicos, helicópteros y patrullas ansiosas de comenzar la cacería.

Cruzar por esos extremos es una hazaña de otra índole que requiere de una serie distinta de recomendaciones.

LA FILA

Para Johnny B. Lloro

And this long line of cars
is all because of you.
CAKE

Estoy haciendo fila, haciendo fila, estoy haciendo fila para salir del país. Es algo natural, cosa de todos los días. A mi izquierda, una familia en una vagoneta Nissan; a mi derecha, un gringo de lentes oscuros en un Mitsubishi deportivo. Por el retrovisor veo a una muchacha en un Volkswagen. Adelante, un Toyota. Vamos a salir del país y es algo natural, cosa de todos los días.

Me gustaría que avanzara, pero esta hilera no tiene prisa. Ni siquiera porque hace un calor que nos estruja. El calor es como un pariente gordo, efusivo, impertinente.

¿Cuánto tiempo ha transcurrido? Alguien, en un lugar indefinido, se atreve a pitar y el sonido es corto y tímido, temeroso de las consecuencias. La muchacha, el gringo, la familia, cada quien en su automóvil, volteamos a buscar el sonido. Alrededor hay coches Ford, camionetas Plymouth y Chevrolet.

La fila no avanza

Algunas personas salen de sus automóviles y miran hacia la puerta. El paisaje se evapora. ¿Quién nos está deteniendo? A lo lejos, nada responde a nuestra pregunta, solo el calor que nos abraza.

El tiempo se marcha. Nos abandona en medio de esta laguna, náufragos, olvidados. La familia del Nissan es la primera en mostrar síntomas de desesperación. Una niña llora inconsolable adentro de la vagoneta. Sus hermanos y sus papás tratan de calmarla. El gringo enciende su radio y nos hace una demostración de las detonaciones de su estéreo. La muchacha cierra el vidrio de su ventana. Su Volkswagen no tiene refrigeración. Ella suda y suda y suda.

De pronto, ante la maravilla de conductores y pasajeros, la fila del gringo se mueve unos centímetros. Eso nos despierta, nos da ánimo, nos llena de esperanza. La garita se vuelve un objeto palpable; de pronto el optimismo nos hace sentir que alguien podría estirar el brazo y tocarla.

No avanza

El Toyota delante de mí es el segundo en dar muestras de angustia. Intenta salirse de nuestra fila e invadir la del gringo. Es un acto loco que se topa con la furia de unas Hummers. Piso el acelerador para adelantarme hasta un punto que le impida retroceder. El gringo no conoce la misericordia y le tapa el acceso. El Toyota se vuelve una isla. Lo conduce una mujer. Parece que no entiende. No sabe qué hacer. Intenta regresar, no puede. Nuestra fila sigue su camino. No estoy seguro: creo que ella se lo merece por intentar abandonar la fila: no estoy seguro: creo que su acto fue como una traición, digna de castigo: no estoy seguro.

Avanzamos. La señora se queda atrás, en medio del mar.

Suplica a cada uno de los conductores y nada obtiene a cambio.

Ahora, delante de mí se encuentra un *pickup* Ram, alto, de grandes ruedas.

Al volante, un hombre con sombrero texano. Atrás, la muchacha se peina, se arregla el maquillaje que comienza a escurrir. El sudor me atrapa la cara. La música del gringo es insistente y punzante.

La fila no avanza

Estoy tratando de recordar por qué estoy aquí, saliendo del país. Otro claxon lejano. Puedo ver a mi alrededor que algunas filas comienzan a moverse. La niña sigue llorando, inconsolable. Su familia la ignora. Al principio había vendedores. Trato de hacer memoria. Caminaban junto a esas Hummers, ofrecían revistas y periódicos. Al principio nos ofrecían sarapes y figuras de yeso. Al principio, eso fue al principio. Ahora estamos solos. Veo Hummers enormes que parecen no tener conductores. Hummers de colores cuya carrocería brilla bajo el sol.

El hombre del sombrero desciende de su enorme *pickup* y camina rumbo a la puerta. ¿Qué tal si la línea avanzara y otro carro nos invadiera? ¿Qué intenta ese hombre? ¿Está loco? La muchacha se ve preocupada, temerosa. Su cara pide ayuda, me pide ayuda. Quiero pisar el acelerador, pisarlo hasta el fondo, acabar con esta larga espera. Me asomo por la ventana y no puedo ver al hombre. ¿Dónde está? Se apodera de mí una valentía abrupta y desencadeno un pitido, luego otro y otro. El sonido se mezcla con el calor, se mezcla con las otras filas, los otros automóviles, los otros conductores. El hombre regresa al *pickup* y estoy convencido de que me odia.

La niña deja de llorar
cuando su mamá le da
un golpe en la cara

¿Ves mis manos? Están húmedas, se resbalan en el volante. Ya no escucho la música del gringo, perdida adelante. Antes que nosotros, el hombre del sombrero descubre que nuestra fila no es real, que no llega hasta la garita; es una ramificación intentando seducir a otras líneas. El hombre ruega que lo dejen pasar, se quita el sombrero, solicita amabilidad. La muchacha hace lo mismo. Me decepciona la cobardía de ambos. Esperaba solidaridad, que se hundieran con el barco, que continuáramos ahí hasta el último momento. Estúpidos. La muchacha ensaya una espléndida sonrisa con cada automovilista. Me repugna su actitud. La familia se pierde adelante, adelante, adelante. El hombre del sombrero texano se ha cansado de ser amable y avanza sin misericordia. El *pickup* penetra el guardafango de un gringo. Ha sido un golpe contundente. La sonrisa de la muchacha finalmente cautiva a un conductor. Los veo, asquerosos, por mi retrovisor.

¿Qué promesas se hacen con la mirada? Estúpidos. El conductor le da el paso, pero no esperaba que yo estuviera viéndolos, midiendo sus pasos, calculando. Un movimiento exacto del volante y gano el espacio de la muchacha en la otra fila. Ella trata de seguirme. Su admirador se adelanta y no la deja pasar. Apenas quedaba un lugar disponible. Lo siento, estúpida. Luego las Hummers, esos poderosos gigantes, parecen sonreír. Ella me odia, lo sé. ¿Crees que me importa? El gringo se enfrenta al hombre del sombrero. Se avientan palabras que cortan, rasgan, forcejean. Los veo quedarse atrás; se lo merecen. Delante de mí, una vieja en un Mercedes Benz. Atrás, un gordo inmenso en un pequeño Renault.

No avanza

¿Quién está en el umbral? Imagino al guardián con su uniforme azul, decidiendo quién es virtuoso, quién es maligno, quién entra a su país, quién se regresa. Aún no lo puedo ver; sin embargo, su presencia cercana inunda el ambiente mientras el calor, el calor. Tres hileras a la izquierda, unas mujeres se pelean, se jalan el cabello, se golpean. La gente ríe, las motiva a continuar con el pleito. Un niño ladra desde un Honda. Ladra como loco, como niño, como perro, ladra. Es gracioso, muy gracioso, y mis manos no dejan de sudar. Mis manos se convierten en agua, en mar violento, en tempestad. Puedo ver cómo se derriten, se desvanecen las líneas, se caen las uñas. Entonces comprendo que sin líneas en la mano no tengo destino, no tengo vida ni muerte, nada de qué asirme, solo esta fila, este anhelo de llegar a la frontera, cruzar, dejar esta nación, entrar a la otra.

Aquí está mi pasaporte

Por algún lugar indefinido se escucha un grito, un grito que no inspira temor ni compasión, un grito. La garita está cerca, la siento cercana, mi cuerpo entero la siente, mi cuerpo derritiéndose, mi cuerpo volviéndose líquido. ¿Estoy ahí? Salgo de mi carro, quiero saber con certeza dónde estoy. Pitidos-claxon. Dónde está la puerta. Pitidos-pitidos. Dónde está el juez que dictará mi sentencia. Quiero saber, quiero saberlo ahora. Claxon-pitidos-ruido. Una persona se aproxima, siento su mano en mi brazo. Furia-ruido-trastorno. Golpearla es lo único que puedo hacer, patearla, someterla hasta que caiga al suelo. La fila se mueve. Regreso a mi carro y desato la furia de su motor para que la mujer se levante y me deje pasar. Lo hace apresurada y cojeando cuando siente que mi auto está casi encima de ella.

Imagino al guardián revisando mi pasaporte, examinándolo a contraluz, buscando cualquier motivo para no dejarme entrar, cualquier insignificante razón para devolverme. Ya estoy ahí, mi corazón lo siente y acelera su ritmo. El anhelo, el anhelo. ¿Cuánto falta?

Un hombre desconocido se acerca a mi coche y arremete la puerta con sus puños. Busca detenerme. Estúpido. No hay forma. No puede, no lo va a hacer. Un metal cerca de mi mano se estrella en su cara, se hunde en su cara.

Faltan cuatro, tres. Casi estoy ahí. ¿Dónde está mi pasaporte? Mi pasaporte. ¿Lo perdí? A través del retrovisor, el gordo del Renault parece mostrármelo con sorna. Míralo, míralo. ¿Lo tiene en la mano? Veo que enciende un cerillo, veo el fuego, se ríe, carcajadas, se ríe. Faltan dos, uno. El calor se eleva por encima de nosotros. Nos cubre un silencio largo. Una Hummer, otra Hummer. El silencio es eterno, desmedido. Observo a mi alrededor, observo arriba, abajo. Mi pasaporte está en el piso. Aquí está el pasaporte.

El guardián es rubio, tiene los ojos verdes.

—*Where are you going?* —me pregunta.

Espera.

Antes de cruzar la frontera, mira a tu alrededor.

Luz atrás; luz a la derecha e izquierda. Frente a ti solo está la frontera, la entrada al país vecino.

Ahora mira los ojos del guardián. Asómate adentro de esos iris de color azul. Al centro una pupila que se expande, oscura, que se abre inmensa y te invita a entrar. Mira en su interior.

Ahí encontrarás un amanecer sin ruidos y una casa junto al mar.

¿Lo ves?

Si te acercas, por una de las ventanas podrás ver el interior de esa casa.

Fíjate bien. Eres tú.

¿Puedes mirarme? Estoy despertando.

Me levanto de la cama, voy a la cocina y bebo una taza de café.

Aspiro su aroma.

Me asomo por la ventana y contemplo el mar: las olas acercándose/alejándose sobre la arena.

Voy a caminar por la playa, dejaré que el agua espumosa toque mis pies.

Sonreiré.

Me sentaré y la brisa cubrirá mi cuerpo.

—*What are you bringing from Mexico?* —pregunta el guardián—. *Can you hear me?*

A lo lejos descubro a la mujer que me ama. Ahí viene, por la playa.

Se acerca, se sienta a mi lado.

Sus manos en mi cabello; sus manos en mi cara.

—Todo está bien —me dice—, no tienes por qué preocuparte. Todo está bien.

Sus palabras tienen una suavidad que estremece. La dulzura de su voz me alimenta. Tiene razón.

No tengo palabras para responder. Solo silencio. Un silencio placentero.

Miramos las olas durante varios minutos. Reconocemos la paz que hay alrededor nuestro, las olas, el mar que se extiende hasta el horizonte.

Luego nos levantamos de la arena, nos tomamos de la mano y regresamos a casa.

EL LARGO CAMINO
A LA CIUDADANÍA

Para Lilia O'Hara

1. Desde niño adora todo lo relativo a Estados Unidos de América, considera que es el mejor lugar del universo. No se puede decir que sus padres le hayan inculcado este amor al país vecino, más bien es una circunstancia que se apoderó de él sin una explicación clara, una situación normal y cotidiana.

2. Ve la televisión como otros estudian la Biblia. La cultura norteamericana penetra en sus entrañas como una luz que llega del cielo preguntando "¿por qué me buscas?". Toda su vida tratará de responder a esa pregunta.

3. Desde muy temprana edad descubre que es mexicano, lo cual considera un gran inconveniente. Se reúne con otros que piensan igual que él. Busca cualquier pretexto para cruzar la frontera. En el norte se siente

mejor, más libre. Atraviesa los centros comerciales. Maldice su destino.

4. Quiere ser "emigrado" porque sabe que es un paso preliminar para llegar a la ciudadanía. Habría sido más fácil si sus papás hubieran decidido emigrarse desde un principio. ¿Qué es eso de trabajar en Estados Unidos sin buscar la legalización? Ellos no tuvieron la visión ni la ambición. Se resigna. Termina por conformarse con su mexicanidad. Se dice: ser mexicano no es malo, pero ser *U.S. citizen* es mejor. ¿Qué va a ser de mis papás cuando envejezcan? ¿Quién va a cuidar de ellos? En Estados Unidos la vida está resuelta; puedes comprar una casa, un automóvil nuevo; tus hijos pueden estudiar en las mejores escuelas; servicio médico gratuito; una pensión del gobierno durante tu vejez.

5. Procura pasar el tiempo con sus parientes emigrados, los que ya han llegado a la cima. Cada domingo come carne asada en sus casas y anhela una vida americana como la de ellos. Se ríe porque los niños no pronuncian bien el español. Se dice: si yo fuera emigrado, les inculcaría a mis hijos el amor a sus dos patrias.

6. *Americano* es una palabra que lo enaltece.

7. Tramita su emigración en el consulado. Llena la solicitud con detenimiento y espera. Dice a sus amigos

que ya casi recibe los documentos. El "ya casi" se alarga, se estira hasta que deja una sombra en su estado de ánimo.

8. Termina casándose con una amiga de la secundaria que volvió a encontrar después de mucho tiempo. Hace unos años pensaba esperar hasta que llegara su *green card*. Intentó cortejar a algunas gringas en busca de un matrimonio por conveniencia.

9. Al principio no le causó gracia encontrarse con su amiga de secundaria. El pasado le molestaba por razones que no tiene caso mencionar. Después se enteró de que ella era emigrada, solo que había decidido vivir en México. Qué absurdo. Ni siquiera trabajaba en Estados Unidos, teniendo la oportunidad de hacerlo. Aunque no la considera una persona inteligente, siente nacer dentro de él un extraño amor hacia ella, una sensación poderosa que lo obliga a buscarla con mayor frecuencia.

10. El matrimonio acelera los trámites. Mientras llegan sus papeles, la pareja tiene que cruzar la frontera por separado. No está bien visto por los oficiales de Aduana que una muchacha emigrada viaje en el mismo auto con un marido que solo tiene pasaporte.

—¿Dónde vives?

—En México.

—¿Y tu esposa?

—En Los Ángeles.

—¿Están casados y no viven juntos?

Prefiere dejar que su esposa cruce en el carro y él caminando. Después se reúnen en San Ysidro, junto al Burger King. Ahí varios hombres esperan a sus esposas. Es un pequeño inconveniente.

9. El día que recibe sus papeles de emigración y puede ver su fotografía radiante en la *green card,* se siente el hombre más feliz del mundo. Inmediatamente busca trabajo. Sabe que en Estados Unidos recibirá un sueldo mayor del que ganaba en México. Comprende que no podrá ocupar el mismo puesto que le ofrecía su profesión en su tierra natal. Ahora tiene que ser auxiliar, personaje secundario.

8. Repasa los periódicos en busca de ofertas, hace citas. Dialoga con prospectos, presume su inglés perfecto. Acude al servicio de desempleados. Le empiezan a pagar una modesta mensualidad mientras consigue trabajo; le da gusto entrar de esta manera a la burocracia estadounidense. Sabe que en México no tendría tal oportunidad.

7. Cuando al fin consigue un trabajo en una oficina, descubre que existe el mismo número de mexicanos, filipinos y coreanos. Es un asunto de estadística. A los patrones les hacía falta un "hispano".

6. Su esposa y él deciden comprar una casa que pagarán a lo largo de su vida. Ella está embarazada. El niño no tendrá que sufrir las mismas pesadumbres, será americano desde su nacimiento.

5. Los fines de semana visita a sus padres.

—Cuando quieran, empezamos el trámite para ustedes —les dice.

Pero los viejos no quieren moverse de su casa. No saben, o no quieren entender, que México no cuida a los ancianos, los deja morir. En Estados Unidos...

4. Como era de suponerse, la emigración era solo un estado provisional. Llega el día en que se reconoce legalmente su ciudadanía.

3. Los hijos crecen. Cada domingo la familia prepara carne asada en el jardín de su casa. Llegan a visitarlo parientes que él gustosamente recibe. A cada uno le habla de las maravillas de ser americano. Los parientes anhelan ser como él.

2. Los visitantes sonríen cuando escuchan que los niños no pronuncian bien el español.

1. Cuando está solo, el *citizen* pone sus viejos discos de Pedro Infante. Las canciones que le recuerdan a su padre.

EL HOMBRE MUERTO PIDE DISCULPAS

Para Jesús Guerra Torres

Nadie sabía nada del muerto,
salvo "que venía de la frontera".
BORGES

Es un hombre que aparenta mi edad, serio y bien vestido. Nos hemos visto con simpatía desde hace unos meses que empezamos a coincidir en exposiciones y eventos literarios. No hemos cruzado palabra hasta ahora. Lo saludo con naturalidad y sonrío cuando se acerca.

Su mirada triste, apenada. Pone su mano en mi hombro como si estuviera a punto de darme el pésame o la noticia de una tragedia, como si fuera a confiarme un asunto íntimo.

> *Me acerco a usted para hacerle manifiesto que soy admirador de su obra. Sinceramente le digo que sus historias me han conmovido de una manera muy profunda.*

Hoy no es un día distinto a los demás; diría, más bien, que desde un tiempo atrás mi vida ha comenzado a repetirse hora con hora. Pudo haberme dicho lo mismo ayer o antier. Observo mi reloj solo como parte de un instinto; me incomoda que el hombre pudiera pensar que estoy apurado, con prisa, que no tengo siquiera un momento para atenderlo.

Hace una pausa, suspira e intenta organizar sus pensamientos. Estamos solos, lejos del resto de los asistentes; nos hemos alejado. Pienso en el mar, ese poder que tiene de arrastrar y atraer.

Su mirada triste, apenada.

> *No obstante, me es preciso informarle que debo matarlo, debo acabar con su vida por el simple hecho de haber recibido un pago. Ya tengo en el bolsillo un cincuenta por ciento de mis honorarios y al aceptar ese dinero es imposible no realizar el trabajo que me fue encomendado. Para demostrarle la seriedad de este asunto, permítame enseñarle el arma con la que pienso realizar esta tarea.*

La extrae de la bolsa interior de su saco. No sé bien cómo apreciarla. Es un objeto insólito, una herramienta inconcebible. Pienso en el mar que se extiende entre los dos. Cada quien su horizonte, cada quien enumerando las olas, el ir y venir, su intensidad.

No suelo advertir de mis intenciones a una víctima. Por lo general no llega a conocerme; me aproximo, veloz, y ni siquiera alcanza a percibir el momento de su muerte. La ejecución es sorpresiva. El sujeto acaso voltea y mira el arma en mi mano, pero sin llegar a alterarse. Solo se inunda de un súbito desconcierto, una sensación instantánea que luego fenece. Un sentimiento raudo que desaparece de inmediato.

Quizás usted se pregunte ¿por qué estoy haciéndolo de otra forma en esta ocasión?, ¿por qué he decidido informarle que dentro de poco estará muerto? Pues bien, la razón se la he manifestado desde el principio: le considero encomiable, digno de mi más alto respeto y admiración. Me parece, en cierta medida, que somos almas gemelas (perdone la flaqueza del lugar común). De no ser así, sería imposible que su obra me hubiera conmovido tanto.

Me sorprende un inesperado nerviosismo, siento que mis manos tiemblan. El hombre no deja de mirarme y su voz es un caudal nítido, palpable. De nuevo pienso en el mar.

Muy a pesar de lo que podría considerarse, yo soy un hombre culto, y le puedo asegurar que mi rango de lectura no se reduce a sus libros. He leído mucho más que eso, obra clásica y contemporánea. He tenido la oportunidad, incluso, de haber incursionado en la escritura. Y aunque mi redacción es humilde, pensé que su experiencia me sería útil; que usted podría señalar mis aciertos e incorrecciones en esta aventura literaria.

Alguna vez tuve la mala idea de compartir mis textos con uno de mis colegas, un joven que me veía como a un maestro y por quien yo tenía cierto aprecio (aclaro que no soy una persona que forma este tipo de lazos afectivos con la gente). Lamentablemente, el muchacho tomó a mal el contenido de mis escritos; creyó descubrir en ellos una especie de confesión solo porque narraban mis experiencias profesionales y, en algunos casos, lo incluían a él y a otros que ambos conocíamos. Intenté aclararle que era ficción; que no debería tomarse mi prosa tan a pecho; que por eso mismo estaban los nombres cambiados; que, aunque la descripción de los personajes tuviera similitudes con "perfiles conocidos", era una total fabricación, una invención de mi mente creativa.

Mis explicaciones fueron inútiles y entendí que había cometido un error inexcusable al tratar de hacerlo cómplice de mis relatos. Extraje esta misma arma y tuve que realizar la deplorable labor de acabar con su vida en ese instante.

Si tuviera que meditarlo ahora mismo, consideraría que no estoy listo para morir; hay demasiados asuntos pendientes, objetivos que he ido aplazando. Actividades relevantes, dolorosas, que uno pospone por temor a enfrentarlas. Podría decírselo, podría interrumpirlo, ponerlo a discusión, luchar por mi vida. Pero su voz navega por encima de un océano, rompiendo hielo, atravesando penínsulas.

> *Durante los últimos años le he perdido fe a lo que se publica. He leído textos repletos de una enorme frivolidad, libres del apasionamiento que es esencial en la gran literatura. Frustrado, he repasado páginas y arrojado volúmenes al fuego, perdido en una insondable desolación. Me creí ahogado en un mar cuyas olas ascendían igual que los estantes infinitos de la mediocre biblioteca en que se había convertido el mundo. Sin embargo, como el hallazgo repentino de un náufrago que ha perdido la fe, encontré sus libros y en ellos algo nuevo, primordial.*

Lo veo sonreír por primera vez. Su mirada pierde tristeza, se llena de un resplandor similar al que produce el fuego cuando consume las páginas de un libro. Me habla del mar; puedo imaginar la fuerza de las olas. Nuestras embarcaciones se encuentran a la mitad del camino, podría saludarlo, podría desearle buen viaje.

> *Fue entonces que sentí una conmoción, una esperanza. Y no es que usted sea un gran literato (o tal vez lo es, no me atrevo a emitir o desmentir este juicio), sino que su obra ha logrado llenar los renglones vacíos de mis expectativas como lector.*

No sé si usted opine lo mismo; pero, a mi parecer, cada hombre tiene su alma gemela en un libro. Un libro que quizás nunca encuentre; pero que si llega a descubrir, por algún azar esplendoroso, su experiencia de lectura culmina en un gran propósito, se integra como una realización plena de su actividad intelectual. En este sentido, todo lector debe ser, a la vez, un gran explorador, un perseguidor empedernido.

Espera que yo esté de acuerdo. Pienso en el arma, un bulto imperceptible, una frontera que insiste en separarnos y señalar nuestras desigualdades.

No fue difícil localizarlo. Usted no se esconde, así que no requerí de los artificios propios de mi profesión. Me interesaba acercarme, comprender su personalidad a partir de su entorno cotidiano. Vigilé su itinerario, conocí a su familia. Me atreví en una ocasión a transgredir las paredes de su hogar. Aproveché sus vacaciones pasadas para entrar a su casa. Estuve en su cocina, revisé el contenido de su alacena. Estuve en su sala y repasé sus discos (no me sorprendió que compartiéramos gustos musicales). Estuve en su recámara y puse mis manos sobre su cama; registré los roperos, la ropa suya, la de su esposa, la de sus hijos. Estuve en su estudio y percibí la maravilla de su escritorio, su interminable librero. Encendí la computadora y hallé una novela en proceso.

> *Leí las cuartillas como quien lee por primera vez un periódico y se topa con la realidad de que el mundo está lleno de violencia. Es un libro ingenioso, aunque no se compara con los anteriores.*

¿Se ruboriza? Claro. Siente que con esta última declaración ha usurpado el papel de un crítico literario. Baja la mirada. Pienso en mi casa, en mi alacena, en mis discos, en mi cama, en mi ropa, en mi computadora. Su arma divide mi vida. En realidad, esa frontera me aísla, me separa del resto, me deja solo.

> *Mis otras víctimas han sido seres despreciables... ¿cómo explicárselo? Influyentes en ciertos ámbitos, prominentes en la sociedad, pero sin relevancia para mí. Matarlos ha sido una rutina tediosa, reiterativa. De ahí que no consideré inherente darles a ellos la noticia de su próximo deceso. Usted, en cambio, merece un trato mejor; preferencial, por así decirlo.*

Los labios secos. Siento los labios secos, azotados por un frío repentino. Tengo negocios que resolver. Los enumero: encargos, despedidas, deudas morales y financieras que no quisiera heredarle a mis hijos. Estoy sumergido en pensamientos y recuerdos. Repaso un inventario de personas. Mis conocidos están ahí, desfilando, hombres y mujeres, impactantes y menores; todos se convierten en el centro de mi vida.

Es difícil tener secretos en este medio. Empecé a recibir ofertas de trabajo en cuanto se supo que había llegado a la ciudad. Tenía la intención de posponer mis actividades profesionales debido a lo importante que era para mí conocerlo, entablar un diálogo, atreverme a mostrarle mis modestos intentos de narrativa. Desdeñé ofrecimientos, consiguiendo, sin proponérmelo, algunos enemigos poderosos (en mi trabajo no es común que alguien rechace una propuesta laboral). Hasta que un día recibí la información de que se solicitaba su muerte. Era una llamada telefónica, como suele serlo, informándome un nombre y algunos datos adicionales.

El hombre me abraza. Es un acto inesperado que me causa un profundo bochorno. Ya es demasiado. Intento regresar al evento. El edificio está vacío. ¿Qué hora es? Me dirijo hacia la salida. El hombre me sigue, me alcanza, navega junto a mí.

Sin prisa encuentro mi automóvil, abro la puerta y subo. ¿Me matará ahora mismo?, no me atrevo a preguntarle. Se comporta como un caballero, cierra la puerta tras de mí. Se acerca a la ventana. Bajo el vidrio.

No se preocupe en pensar quién ordenó matarlo. Comparado con usted, es un ser minúsculo y despreciable que la posteridad olvidará sin remordimiento.

A pesar del tiempo que ha transcurrido y de su conversación, no he encontrado el ímpetu para responder. Soy ese adolescente que por primera vez decide enfrentarse a la autoridad de su padre, pero que aún no dispone del valor para hacerlo. En su mirada no hay nada atemorizante, si acaso un vaivén, un oleaje.

De todas las últimas frases que podría decir un hombre cuando está a punto de morir, solo digo unas cuantas palabras inseguras, titubeantes: que me gustaría leer sus historias, que todavía debe haber una oportunidad para hacerlo, que también busco mi alma gemela en un libro. No puedo saber con exactitud si lo que me abruma es cobardía ante la muerte o compasión por el verdugo. Pienso en los que están a punto de ser fusilados y reparten monedas entre el pelotón.

Regresa su mirada triste, apenada. Sonríe con pesadumbre; nada tiene que decirme. Su silencio podría construir un largo puente. Solo se encoge de hombros.

Enciendo el motor y el auto avanza. Los personajes de mi vida desfilando aún por callejones y veredas. Veo al hombre por el retrovisor: poco a poco se pierde en la distancia, en la oscuridad, en el horizonte. Gira en mi mente (y gira y gira y gira) la idea de no haberme despedido de él. En este momento me parece una imperdonable descortesía.

MUERTE Y ESPERANZA EN LA FRONTERA NORTE

Para Aída Bustos García

Les habían dicho que Estados Unidos era el país de las grandes oportunidades. Les habían dicho que no sería trabajo fácil; pero sí honesto. Les habían dicho que tendrían que viajar hacia el norte, que entrar a los Estados Unidos era complicado. Más ahora que antes, les habían dicho.

Recorrieron el país en un autobús. Venían de Michoacán, de Oaxaca, de Guerrero, de Zacatecas, de Jalisco... Llegaron a la frontera con el nombre de un familiar o un conocido que había cruzado antes que ellos. Les habían dicho que ahí la gente cobraba por ayudarlos a cruzar la frontera; alguien dijo "coyotes", alguien dijo "polleros".

Llegaron a Tijuana y se asomaron hacia el norte, más allá del gran muro metálico. Ahí estaban esos Estados Unidos, esa tierra de dólares y esperanza. Les habían dicho que sería difícil, que apenas ahí comenzaría su jornada.

Nadie había mencionado el frío.

Ellos no podrían cruzar por la ciudad. Por ahí estaba cabrón.

Ellos tendrían que ir al desierto, a las montañas.

El coyote los condujo hacia donde sería más fácil la pasada, más largo el camino. Por ahí no había vigilantes.

Nadie mencionó las bajas temperaturas; de haberlo hecho, se habrían traído por lo menos una chamarra (no falta un primo que preste una chamarra o un gabán). Ellos traían sus camisas, sus camisetas, pero nada que los cubriera del frío. Empezó una tormenta de nieve en el camino. Nadie mencionó la nieve. La oscuridad se llenó de un blanco que parecía brillar en la noche. Nadie lo mencionó.

El coyote les dijo que no era buena idea, "lo mejor será regresarnos". En ese momento ellos ya estaban en Estados Unidos, ya habían recorrido lo peor del camino. Lo demás tendría que ser lo de menos. ¿Qué nos hace una helada, un poquito de frío? Las piernas temblaban y las manos estaban entumidas. Por aquí haremos una fogata. ¿Regresar?, eso no. Cómo crees. Mañana se quita el frío, mañana que salga el sol. El coyote decidió regresar, conocía bien esas tierras extranjeras. "Allá ustedes", les dijo.

Abril 3. Sábado de Gloria.

Primera plana, prensa mexicana: Siete indocumentados muertos; treinta y siete rescatados. El Consulado Mexicano en Estados Unidos expidió un boletín en el cual se exhorta a los medios de comunicación de ambos lados de la frontera a difundir las condiciones de alto riesgo que prevalecen en la zona de Tecate y el este del condado de San Diego.

Sección local, prensa norteamericana: El Servicio de Inmigración al rescate de indocumentados abandonados. Se utilizan cuatro helicópteros para peinar la zona desértica y montañosa del este de San Diego. El operativo Gatekeeper, ¿responsable?

Abril 4. Domingo de Pascua.

Primera plana, prensa mexicana: Ocho muertos de frío y dos ahogados al intentar cruzar un río. Treinta indocumentados muertos en lo que va del año. Mexicanos entre 18 y 31 años. Llevaban dos días de camino cuando los sorprendió la tormenta de nieve. Ayer se rescataron otros cuarenta.

Abril 5. Lunes.

Primera plana, prensa mexicana: Se captura en Estados Unidos a los "coyotes" responsables. Podrían recibir entre cuatro y doce años de prisión.

Abril 6. Martes.

Primera plana, prensa mexicana: Asociaciones de derechos humanos acusan al operativo Guardián/Gatekeeper por la muerte de los migrantes. Desde octubre de 1994, fecha en que entró en efecto dicho operativo, han muerto cientos de personas. Las autoridades norteamericanas acusan a los "coyotes" de estas muertes.

Sección de opiniones, prensa norteamericana: Responsabilidad plena de Gatekeeper. Nueve muertos la semana anterior, cinco este fin de semana. No solo mueren de frío. En época de calor son comunes las muertes por insolación. En los últimos cuatro años ha fallecido una gran cantidad de migrantes a causa del intenso calor en la zona desértica. Curiosamente no se castiga a los patrones que contratan a los trabajadores. El año anterior solo les impusieron diez multas.

Abril 7. Miércoles.
Primera plana, prensa mexicana: Otra familia abandonada a su suerte por "coyotes". La familia Campuzano (tres hombres, una mujer y un niño) fue abandonada a su suerte cuando don Melchor Campuzano, de sesenta años, sufrió un quebranto y comenzó a toser sangre debido a las bajas temperaturas. Dos de los hombres decidieron regresar a México en busca de ayuda. Las cinco personas fueron rescatadas con vida.

Sección nacional, prensa norteamericana: A través de internet, el Ku Klux Klan y agrupaciones neonazis proponen estrategias para eliminar de una vez por todas el problema de los indocumentados mexicanos en Estados Unidos.

Abril 8. Jueves.
Editorial, prensa norteamericana: La desesperación hace que los migrantes ignoren las leyes. Nadie culpa a los trabajadores. Si México no puede satisfacer sus necesidades de trabajo, los más necesitados recurrirán a los Estados Unidos, desafiando al clima y a la naturaleza.

Abril 9. Viernes.

Sección local, prensa norteamericana: El servicio de inmigración está satisfecho por los resultados de Gatekeeper. Han arrestado a miles de trabajadores indocumentados; la mayoría fue deportada. El director del Servicio de Inmigración y Naturalización (INS) comentó: "Hemos descubierto los elementos básicos para que funcione nuestra frontera".

Abril 11. Sábado.

Central de autobuses, Tijuana, México: Les habían dicho que Estados Unidos era el país de las grandes oportunidades. Les habían dicho que no sería trabajo fácil; pero sí honesto. Les habían dicho que tendrían que viajar hacia el norte, que entrar a los Estados Unidos era complicado. Más ahora que antes, les habían dicho.

Recorrieron el país en un autobús...

MÍNIMA HISTORIA

Para Julián Herbert
y Luis Fernando López

Trae una pistola escuadra
con un tiro siempre arriba;
no la quiere pa' hacer daño,
solo defiende su vida.
CHALINO SÁNCHEZ

Dos p. m. en el aeropuerto. Vientos fuertes, calurosos.

Vigía sospecha que Sujeto no llegó solo.

Observa a través del cristal a gente que espera sus maletas.

Descubre guiños, intercambio de miradas.

En una camioneta Suburban azul marino, vidrios polarizados, Líder platica con Chofer y Acompañante.

Líder está sentado junto a Chofer; Acompañante, detrás de él. Siempre pasan chingaderas; nunca sale un trabajo limpio.

Chofer está de acuerdo; lentes oscuros.

Acompañante relata que una vez, solo una vez salió a pedir de boca, como relojito.

Cuéntanos.

Fue allá en Culiacán, empieza Acompañante mientras Líder recibe la llamada de Vigía.

Ya aterrizó, alerta: parece que viene acompañado.

Líder informa a una Ford Expedition, situada a doscientos treinta y dos metros delante del aeropuerto.

Veinticuatro minutos después Sujeto sale con maleta en mano.

Mujer Rubia camina detrás, trata de aparentar que no lo acompaña.

Cabello hasta los hombros, vestido rojo, entallado, zapatos de tacón.

Sin perder la distancia, ambos cruzan la calle hacia el estacionamiento.

Difícil ignorar a Mujer Rubia; varios hombres voltean.

Vigía se adelanta a paso veloz y llega primero al estacionamiento.

Mercedes Benz, modelo reciente; Sujeto lo dejó estacionado hace tres días.

¿Quién es esa güera?, pregunta Acompañante.

Quién sabe pero está rebuena, contesta Chofer.

Agente de Seguridad lleva doce minutos observando Suburban.

Le parece sospechosa la conducta de los tres hombres.

Algo en la manera que miran, la forma en que se comunican entre sí.

Camina hacia la camioneta.

Vigía avisa por teléfono que Sujeto va de salida; Rubia lo acompaña.

Es lo último que sabemos de Vigía, por el momento tomará un taxi.

Los dos tripulantes de la Expedition ven pasar el Mercedes Benz.

Comienza discreta persecución.

Buenos días, saluda Agente.

Buenos días, contestan en coro dos de los tres hombres.

¿Se les ofrece algo?, pregunta.

Pinche pérdida de tiempo, piensa Líder.

Chofer se quita los lentes oscuros; como levantar un telón, su cara se ilumina.

Ojos verdes; sonrisa entusiasta, jovial.

Nada, colega; estamos esperando a nuestro Comandante; el avión se retrasó, explica Chofer mientras muestra una credencial que saca de su cartera.

Agente de Seguridad es joven y está impresionado por la credencial.

Quisiera una igual; algún día, quizá.

¿De dónde viene el Comandante?

Demasiadas preguntas.

Ya llegó, interrumpe Líder, acércate.

Suburban avanza lentamente hasta una de las puertas del aeropuerto.

Solo permanecen ahí hasta que Agente de Seguridad entra por otro acceso.

Rumbo a la carretera.

Líder llama a Expedition: Se nos perdió el paquete.

Voz contesta: Bajando la loma, frente a central de autobuses. Suburban avanza con cautela, rebasando el límite de velocidad por veintitrés kilómetros.

Saben qué, recuerda Acompañante, yo he visto a esa güera, no me acuerdo dónde.

Chofer de nuevo con lentes oscuros; telón; otra cara: Para ti todas son iguales, güey.

Entran a zona de tráfico intenso.

Líder avisa a Expedition que ya están cerca.

La conozco, insiste Acompañante; esa vieja no se olvida.

Chofer: Si no se olvida, ¿cómo no te acuerdas, güey?

Acompañante callado, molesto por comentario de Chofer.

Líder no pierde de vista su objetivo.

Conforme se acercan, vislumbra el cabello de Mujer Rubia. Recuerda que su esposa le pidió que llegara al supermercado. Habrá visita, le dijo su esposa; vienen mi hermano y su novia; necesito un frasco grande de salsa para espagueti; no llegues tarde.

Actividad inesperada, el Mercedes Benz se desvía de la ruta habitual.

Nos estamos tardando, reclama Acompañante.

Cambia el tono de su voz; no está enojado ni nervioso, pero es evidente que su humor no es el mismo.

Deberíamos hacerlo ya.

Su dedo índice golpea el asiento delantero.

Líder voltea.

Cruce de miradas.

No es opción, ya lo sabes.

El plan valió madres, se queja Acompañante; hay que hacerlo ya, pronto.

Chofer: Mucha gente, güey.

Segunda actividad inesperada, el Mercedes Benz entra a un hotel de paso: Paradero Motel.

Me lleva la chingada, piensa Líder.

Expedition se empareja a Suburban, estacionada a cuarenta y siete metros delante de hotel.

¿Tons qué?, pregunta conductor de Expedition, sombrero Stetson. Tiene que ser hoy; no hay cancelaciones.

Ni pedo.

Camionetas estacionadas, posición perfecta para vigilancia. Si es que sale, dice Chofer.

Acompañante aspira cuarenta y cuatro, luego cincuenta y un miligramos de cocaína.

Voy a mear.

Se baja; camina rumbo a una taquería; Tacos El Gordo.

Y este güey ¿por qué está enojado?

Líder silencio.

Enciende un cigarro.

Chofer: Lástima que a Sujeto no le va durar el gusto.

Frasco de salsa (contenido neto: 794 gramos).

No olvides la salsa; tenemos visita; no llegues tarde. Chofer y Líder silencio.

Esta tiene que salir bien: dos regadotas seguidas; estoy en el límite; salsa de espagueti; en el límite.

Chofer: ¿Y cómo fue que salió mal en Guadalajara?

Mirada de Líder: No hagas preguntas pendejas.

Silencio incómodo.

Chofer enciende el radio: cambia de una estación a otra hasta que se topa con la voz de Chalino.

Qué bonito suena el estéreo; se nota que al dueño le gusta la banda, piensa Chofer.

Corrige: No, no es Chalino; es uno de los copiones.

Líder no entiende aclaración.

Solo hay un Chalino, güey; bueno, había; se lo chingaron, ni pedo.

Radio: copión canta un corrido que habla de unos tipos que persiguen a otro tipo para matarlo.

Regresa Acompañante, sonriendo; taco en mano derecha.

Boca llena: Ya me acordé de la güera.

Última mordida a su taco; cae guacamole al piso.

Líder y Chofer lo miran.

Es la esposa del Contador. Chofer: Estás pendejo.

Es la esposa del Contador, un culo inolvidable; hace dos años me encargaron que la vigilara; el Contador creía que andaba con otro cabrón; nomás dos días estuve en eso; después me llamaron pa decirme que suspendiera ese trabajo; creo que hubo problemas, no sé.

Líder: ¿Seguro?

Acompañante: El mismo culo.

Chofer: Ahora resulta que eres experto en culos, güey; ni siquiera la miraste bien.

Acompañante: No me crean, allá ustedes.

Radio: canción de un hombre que mata a su esposa (tres tiros de escuadra 45 en el corazón) porque bailó con otro.

Líder está sudando; pinche calor.

Cierran ventanas; enciende aire acondicionado.

Chofer: Ya valió madres.

Larga pausa.

Líder silencio.

¿Qué hacemos?

Acompañante: Habla por teléfono.

Líder no responde, ni siquiera parece estar pensando en las palabras de Acompañante.

Trece minutos; toma teléfono y marca.

Problemas; tenemos que cancelar.

Tiene que ser hoy, ya te dije.

Surgió un problema.

Si no puedes encontrar la solución, mejor dime pa mandar a otro que sí pueda.

Cuelga.

Radio: historia de dos hombres valientes que murieron en una cantina, "uno de la Policía; el otro contra la ley".

¿Qué dijo?

Líder: Se tiene que hacer.

Pos que se haga, que se haga ya.

¿En el hotel?

Pinche hotel, no pasa nada, ni quien se fije.

Guadalajara, piensa Líder, Guadalajara.

Ciento dieciséis minutos; viento, calor y música; poca conversación.

Chofer: Pinche cogidota; de seguro están viendo la televisión.

Radio: canción de amor para una mujer que no ha sabido comprender.

Sale Mercedes Benz; vía rápida poniente.

Expedition negra tras Suburban azul.

Líder: Nos chingamos a Sujeto, pero dejamos a la güera.

Acompañante: ¿Qué te pasa?, peor chinga para ella.

Líder molesto.

Acompañante: Esta madre apesta, cabrón, valió madres.

Líder: La llevamos a casa del Contador; ahí que se arreglen.

Acompañante y Chofer silencio.

Chofer: ¿Por qué no esperar que se baje?, se tiene que bajar tarde temprano.

Corrido de tres hermanos; su padre les dijo "cuiden muy bien el pellejo".

Líder apaga radio.

Llama a Expedition. Pasando curva, dice.

Detrás, camión repartidor de cocacola.

Expedition rebasa Suburban por izquierda.

Se coloca delante de Mercedes Benz.

Reduce velocidad casi hasta detenerse.

Mercedes Benz intenta rebasar.

Armas en manos Líder y Acompañante (fusil de asalto AK47, fabricación rusa).

Suburban impide rebasar; se empareja.

Mujer Rubia mira hombres armados.

Un segundo fugaz, ni tiempo de pensar, de avisar.

Detrás, camión cocacola.

Ráfaga sobre Sujeto: cabeza oreja cuello hombro muerte instantánea (veintidós balas).

Bala perdida pierna izquierda mujer. Expedition acelera, desaparece.

Última ráfaga parabrisas mil pedazos.

Acompañante descarga sobre Mujer Rubia: frente cara pecho muerte instantánea (diecisiete balas).

Mercedes entra lateral, sale carretera, poste de luz.

Uno encima de otro; Sujeto y Mujer.

Cuerpos posición inverosímil.

Impactos tostos múltiples en Merce (cincuenta y seis balas) des Benz.

Mañana foto en periódicos.

Camión cocacola reduce velocidad, intenta detenerse; mejor no: avanza, avanza.

Suburban por lateral; ciento diez kilómetros por hora, con ruta al lugar designado.

Chofer, Acompañante y Líder silencio.

Entran a calle sin luz, sin pavimento.

Estacionan frente a baldío.

Vigía espera en Grand Cherokee color gris.

Tres hombres abordan, fusiles desarmados en bolsa.

Dos de ellos abandonan país esa noche.

Líder mira reloj.

Tarde, muy tarde.

Esposa, ¿qué decirle?

Supermercado en esquina.

Llamada teléfono público.

Salsa para espagueti.

Salsa para espagueti.

CORRIENDO HACIA EL FUEGO

Para Susana Calette

Podríamos encontrarnos después de muchos años.
Podríamos no creerlo.
Podríamos abrazarnos.
Podría invitarte a conversar.
Podría ser en un café, me dices.
Podrías pedir moca y sugerirme un capuchino.
Podría hacerte caso y pedir, además, un pan dulce.
Podría dejar que hablaras.
Podría hacer algún comentario que no viniera al caso.
Podrías preguntarme por qué tan callado.
Podría elogiar tu pulsera y tus anillos.
Podrías levantarte para ir al baño.
Podría quedarme solo, pensando.
Podría aprovechar el momento para cuestionarme.
Podrías decirme ya estás grandecito.
Podría tratar de ser inteligente contigo; creo que te
gustaría eso.

Podrías regresar sonriendo.
Podría ponerme nervioso.
Podría no encontrar qué decir.
Podrían estar sudando mis manos.
Podría armarme de valor, comenzar una anécdota.
Podría explicar que la semana pasada justamente...
Podrías mostrar interés.
Podrían tus ojos brillar, llenos de fuego.
Podría un mesero interrumpirnos.
Podría ser gay el mesero.
Podrías decirle no gracias.
Podría admirar la manera en que dices no gracias.
Podría preguntar en qué me quedé.
Podrías decir que no sabes.
Podría pensar que no estabas poniendo atención.
Podrías recordar que fue algo sobre la semana
pasada.
Podría decir que no es importante.
Podría verte, así nada más, en silencio.
Podría ser un largo silencio.
Podrías quejarte de ese silencio.
Podríamos quejarnos del país, de la situación,
del presidente, de su estúpida guerra contra el
narco.
Podría abogar por el silencio: hace falta, ¿no crees?
Podría ser, me dices, pero es más agradable
escucharte hablar.
Podría ruborizarme.
Podría bajar la mirada y contemplar los dedos
de tus pies, bajo la mesa.

Podría incomodarte si lo hago durante mucho tiempo.
Podrías confesar que has estado triste.
Podrías decirme que extrañas a un hombre.
Podrías seguirme contando: trabajábamos juntos;
la compañía lo mandó lejos.
Podría yo mostrar cierto interés.
Podría esforzarme en fingir cierto interés para que
no te des cuenta de que odio a ese hombre.
Podría expresar en ese momento que no me interesa
saber nada de los otros hombres de tu vida.
Podría.
Podría.
Podría.
Podría no atreverme.
Podrías seguir hablándome de él.
Podría escucharte.
Podrías detenerte un momento, sonreír.
Podrías decirme qué suerte encontrarte después de
tantos años.
Podría festejarlo también.
Podría recordar que en otro tiempo quise
compartir una vida contigo.
Podría recordar desencuentros entre nosotros;
otro yo, otra tú.
Podría pensar que quizás ahora.
Podría creer (ahora, claro) que este encuentro no
es fortuito.
Podría ser el destino.
Podría agradecer al destino por haberte puesto
nuevamente frente a mí.

Podría decírtelo ahora.
Podría invitarte a bailar.
Podría.
Podría.
Podría.
Podría seguir en silencio.
Podrías continuar con el relato de tu vida: un
doloroso divorcio ya superado.
Podría preguntar ¿de veras?
Podrías decirme por supuesto.
Podrías hablar de tu hija (Camila).
Podría hablar de mis hijos (Josué, Santiago,
Alejandra, Melissa).
Podría interrumpirnos un estallido.
Podría ser un fuerte estallido que a todos aturde.
Podría ser un estallido que cimbra las ventanas del café.
Podría ser una explosión, me dices.
Podríamos asustarnos.
Podría el mesero salir del café para ver qué sucede.
Podría ser gay el mesero.
Podría regresar corriendo y decir que hay un
incendio a lo lejos.
Podríamos pagar de inmediato, dejar propina:
15 por ciento.
Podría estarse reuniendo la gente en la calle.
Podríamos caminar, como muchos otros, rumbo
a las flamas.
Podríamos ver una casa incendiándose.
Podría estar gritando una mujer, pidiendo ayuda
desde el interior.

Podría ver angustia en tu rostro.
Podrías decirme rápidamente, con desesperación, que algo así pasó cuando eras niña.
Podrías querer acercarte, más y más.
Podrías repetir que esto ya sucedió, que la historia se repite.
Podría tratar de entenderte. ¿La historia?
Podrías explicarme, pero hay demasiada confusión en tu cabeza: recuerdos importantes, dudas galopando.
Podría señalar que ya no tardan los bomberos.
Podrías ignorarlo.
Podrían tus ojos brillar, llenos de fuego.
Podrías entrar a la casa que se incendia.
Podría la demás gente gritarte que no lo hagas.
Podrían decir ¿qué hace, está loca?
Podría tratar de acercarme; pero el calor, el calor de las llamas.
Podría sentarme a llorar en la banqueta.
Podría ser el destino.
Podría maldecir al destino.
Podrían llegar la Policía, los bomberos, las ambulancias.
Podría haber confusión en la calle.
Podría el humo opacar todo, opacar la vida.
Podría haber un olor extraño inundar todo, inundar la vida.
Podría descubrirte entre la confusión; caminando, hermosa; tosiendo, hermosa; sollozando, hermosa.

Podría correr hacia ti.
Podría, incluso, decir tu nombre sin darme cuenta.
Podrían detenerme los paramédicos.
Podría verte partir en una camilla, adentro de una ambulancia.
Podría.
Podría.
Podría.
Podría recuperar la cordura.
Podríamos encontrarnos después de muchos años.
Podríamos no creerlo.
Podríamos abrazarnos.
Podría invitarte a conversar en un café.
Podrías decirme que lo sientes mucho.
Podrías explicarme que tienes prisa.
Podría yo simplemente sonreír; decirte está bien, a la próxima.
Podrías no darme tu número telefónico.
Podría ser el destino.
Podría.

TODOS LOS ÁNGELES EXTRAVIADOS

Para Santiago Vaquera

Todos somos ángeles
expulsados del cielo.
XHEVDET BAJRAJ

1. Les digo que está como muerto pero no les digo que eso me tiene nervioso. Nos acercamos a él y pasamos la palma de nuestras manos frente a sus ojos rasgados. El japonés no parpadea. Les digo que deberíamos ponerlo frente a la televisión, les digo que eso resucitaría a cualquiera. Mazzy le da un par de golpes en la cabeza: el japonés no se mueve. Ismael sugiere quemarle los brazos con un cigarro. A ver si nos entiende, a ver si es cierto que no habla español.

2. Hemos pasado cuatro horas en este cuarto, Lucas no llega y el japonés no se mueve, decidido a permanecer como una estatua china, muy dueño de su espíritu, muy oriental. Le ofrecemos un sándwich, una cerveza, un cigarro, los últimos que nos quedan.

Ismael le grita, lo sujeta de las solapas y lo jalonea. Practica diversas maniobras intimidatorias que solo demuestran lo poco diestro que es en esos asuntos. El japonés encontró el botón de pausa, lo presionó y ahora está quieto como Hiroshima después del estruendo.

3. Cierro los ojos y me concentro en ella. No me refiero a la mujer de rostro oculto que se asoma por la ventana, desesperada porque su hermano no llega. No. Hablo de mi guardiana, mi cobertor, Mazzy aquel día diciéndome "necesito tu ayuda, es algo sencillo, una idea de mi hermano", luego sacando dos pistolas de su bolsa para que yo escogiera. Puse mi mano en una de ellas, era una escuadra fría y pesada. El cuerpo de Mazzy, en cambio, era tibio y ligero. Comencé a besarla como si no hubiera más, como si sostenerme de su cuerpo fuera lo último que me quedara.

4. No sirvo para esperar. Odio los bancos, las filas de los supermercados; odio a los cajeros de los bancos y a los cajeros de los supermercados; odio los conciertos cuando la banda tarda en comenzar o cuando no canta las canciones que yo quiero. Cuatro horas y Lucas no llega. Podríamos repasar la historia del mundo y en ella nada apestaría tanto como esto. Otro ya hubiera dejado al japonés con su televisión y se habría largado a la chingada. Pero esa sería una muestra de debilidad, algo que jamás

le mostraríamos a Mazzy. Ella es el premio. No la recompensa que vamos a pedir, no el dinero que vamos a gastar. No. Mazzy nada más. El ser anhelado. La heroína que invariablemente te besa al final de la película.

5. Cuando Mazzy no está conmigo, la imagino con alas. Como un ángel jodido, como un ángel indefenso, infeliz, aplastado. Puedo ver su espalda y contemplar unas alas hermosas. Ella intenta volar, quiere escapar de este mundo, de esta miseria. Le aprieto los brazos hasta que mis dedos se marcan en ellos. Escapar de qué, le grito, esto es todo lo que hay, lo que tenemos. ¿Crees que existe un lugar mejor? Ella no se queja; aspira profundamente y retiene el aire. Suelto sus brazos. La vida no le importa. Somos la misma cosa.

6. Desde muy chico aprendí a desconectarme del mundo. Sabía que en la vida se puede cambiar el canal y despegarse de la realidad. Las pocas veces que estaba en casa, mi mamá podía desatar su furia, repleta de decepciones y abandono. Ella gritaba con esa particular manera que tenía de gritar y yo viajaba lejos, lejos, me perdía. Los profesores, igual, podían estar con sus explicaciones en la escuela mientras yo disfrutaba de un sitio agradable, con sol y cerveza. Un bosque. Un auto estacionado en medio de la nada, donde podía fumar y escuchar la radio sin que nadie me molestara.

7. Me gusta verla de cerca, me gusta verla muy de cerca, tocarle la cara, agarrarle las nalgas, apretar, apretar. Eso me gusta. Busco una cama, donde sea, una cueva, donde sea, para estar a solas con Mazzy, para morderla, para hundir mis manos en su cabello oscuro. Solo así puedo descansar unos instantes. Solo así puedo cerrar los ojos y callar esa voz dentro de mí, que me dice: eres nada, eres nada, eres nada, eres nada.

8. Todo tiene su límite. La escuela, los maestros. Ismael me lo dijo, todo tiene su límite. Hay un momento en que se tiene que acabar. No importa que tu destino sea una mierda, tienes que resistir a la escuela, a la familia, a los supervisores En otras circunstancias, supongo, Ismael sería mi mejor amigo; piensa como yo, finge como yo, vive como yo. Pero disfrutamos el juego y las reglas dictan que no debemos tener amigos, no debemos confiar. No hay que prestar el alma porque cualquiera te chinga, cualquiera te pone fin.

9. —Por más que me tarde —dijo Lucas—, no se vayan a mover de ahí.

En aquel momento no imaginamos por qué habría de tardarse si el trabajo era tan sencillo, y menos si iba de acuerdo con sus planes.

10. Ismael había decidido odiarlo primero que yo. Lucas poseía una cualidad ofensiva, digna de repulsión:

era inteligente. Al menos eso quería que nos aprendiéramos de memoria. Podía pararse delante de nosotros y explicar con palabras precisas lo que su cerebro había organizado. Al final, cuando quería saber si estaba entendido, no encontrábamos una pregunta que hacerle. Nos contemplaba un minuto y, por si las dudas, anotaba los detalles en un papel.

11. A mí Lucas me molesta por otras razones. Me irritan pequeñeces, tonterías. Me encabrona su delicadeza, su manera de actuar, su forma de mover las manos como si hiciera dibujos en el aire. Lo odio por su ropa que jamás está arrugada y su cara que nunca tiene granos. Se cree perfecto, superior a nosotros nada más porque tiene una oficina de mierda en una fábrica de mierda.

12. No sé qué hacer con ese odio cuando pienso en Mazzy. Por algún inexplicable malhumor o broma de la naturaleza, ella y Lucas son hermanos. Dos personas contrarias, distintas. Mazzy que es todo silencio, mujer con alas. Ropa oscura, botas de obrero, cabello y labios pintados de negro. Lucas es inofensivo, empleado de oficinas, pelo engomado y una corbata que a veces me gustaría apretar, apretar, apretar.

13. Llegamos a la hora que nos dijo, puntuales. Las calles amplias y desiertas. En la noche, la zona industrial es muy distinta, muy tímida, sin barullo ni movimiento. Los obreros ya estaban en sus casas o en las cantinas. Las otras maquiladoras, las pocas que aún permanecían despiertas, no se metían en problemas. La oscuridad era nuestra.

14. El velador estaba dormido y no supo de dónde llegó el golpe: tres relámpagos cruzaron el cerco y se escabulleron entre los camiones y la maquinaria. Lucas había dejado abiertas las puertas que nos conducirían a él y solo faltaba un camino de migajas para que no nos perdiéramos al regresar.

Eres nada, eres nada, eres nada, eres nada…

15. No fue difícil, una sola oficina iluminada. Seguimos el rastro. Nos acercamos hasta poder contemplar el espectáculo: besándose, ambos besándose sobre la alfombra, desnudos, riendo, Lucas y el japonés.

Mazzy nos dio un par de empujones y entramos a la oficina con pistolas en mano, dando órdenes como si el empresario entendiera lo que estábamos diciendo. Lucas desnudo, pequeñito, perfumado y pendejo, inició su interpretación de Robert De Niro en *Taxi Driver.* Se arrojó sobre Ismael. Breve sesión de manotazos. Ismael respondió con un golpe certero, exacto, con una violencia que ya necesitaba salir después de tantos ensayos frente al espejo. Yo esperaba que el hermano de Mazzy hiciera más drama; pero su caída fue muy acelerada, como un árbol recién cortado.

16. El japonés, con toda calma, juntó su ropa y se vistió como si nada hubiera sucedido. Solo volteó a ver si Lucas se levantaba tras él. Imbécil, ¿aún crees en el amor?

17. Miré a Mazzy y a Ismael, los imaginé sonriendo detrás de sus máscaras. Yo también estaba feliz, por qué no. Las alas de Mazzy se elevaban por encima del mundo.

La pistola de Ismael era idéntica a la otra que Mazzy me había ofrecido.

18. ¿Adónde andan rondando los pensamientos del japonés? Tokio o cualquier lugar del pinche universo donde se encuentre su barrio, su casa, su infancia y su familia. ¿No hablas español? ¿Cómo es que trabajas en México y no hablas español? Tienes muchas responsabilidades, cabrón. Se nota que eres un hombre obsesionado con los papeles y los números. Me sorprendería encontrarte pensando en cualquier otro tema: debilidades, gustos, amores; tal vez en Lucas. Quién sabe. ¿Podría alguien enamorarse de Lucas?

19. Sigo pensando que el japonés está muerto. Sus ojos abiertos y fijos en el noticiero de la mañana, sentado muy derecho, muy correcto. Le ponemos un espejo frente a la nariz y claro que lo empaña, apenas. No aguanto esta máscara. Y el japonés parece muy cómodo. Me muero de hambre, de sed, y está amaneciendo. Soy un idiota, el peor idiota del mundo. Y

el rehén como nuevo. Su corbatita acomodada. Su peinado perfecto como si acabara de salir del baño. Lo único que le hace falta es una sonrisa de buenos días. Si sonriera en este momento, si arqueara los labios aunque fuera un milímetro, pondría esta pistola en su cabeza y dispararía. Así, así.

20. Lucas dijo que devolveríamos al japonés en cuanto pagaran la recompensa; pero Lucas no está y ninguno de nosotros sabe qué hacer. Ismael debe pensar lo mismo: deshacernos del chino y acabar con este enredo. Si pudiera ver su expresión detrás de la máscara, acercarme, encontrar un indicio de solidaridad. Pero nadie habla.

21. Encontraron a un empleado muerto en una fábrica. Un empleado, dice la televisión, muerto y desnudo en la oficina del director de la empresa. Los judiciales están interrogando al velador.

Asalto. Crimen pasional. La ola de violencia.

El tipo que da la información es un imbécil, eso debería anunciar, revelarlo frente a su teleauditorio, "y antes de los siguientes comerciales, debo confesarles que soy un gran imbécil, que no sé nada de lo que estoy diciendo". Sería la primera verdad que se dice en los noticieros.

22. Mazzy no llora, no sabe qué hacer; tiembla, creo que tiembla un poco.

—Pendejo —dice.

—Si nomás lo empujaste —le digo a Ismael.

—Creo que le pegué con la pistola —responde.

—No se sabe el paradero del empresario…

—Se me pasó la mano. No entiendo. Se me pasó la mano.

Mazzy no llora. Su voz se transforma, metálica, rasposa.

—Lucas tenía razón: son unos pendejos.

23. Un solo golpe es suficiente para tumbarlo; luego patadas en las costillas y en la cara que duele, que arde, que se incendia. Ismael en el suelo, ni siquiera es capaz de defenderse. En el piso, arrastrándose, todavía hay patadas para él, golpes, uno, otro, que se chingue, que sufra. Hallo en mí un nuevo talento, sí, una sensación sabrosa que me impregna, que se introduce a mi cerebro, que recorre mis venas.

24. Pienso en esa pistola.

Esa pistola que tiene Ismael.
Esa pistola como la que me ofreció Mazzy.
Esa pistola que tal vez ella le dio.
Esa pistola a cambio de brazos, piernas, labios.
Brazos que se aprietan.
Piernas que se abren.
Labios besando o maldiciendo, labios.

25. En un mundo ideal, Mazzy y yo estaríamos juntos para siempre. En un mundo ideal, yo podría darle lo que ella pidiera: dinero, carros, lo que fuera. En un mundo ideal, no habría cabrones abusivos, nos dejarían vivir en paz, nos dejarían vivir.

26. ¿Cuántas veces lo he golpeado? Ismael, ya no te mueves. ¿Por qué te sigo golpeando? Puedo contar las patadas, mira: once, doce, trece, catorce; puedo sentir esta nueva vitalidad en mí, este fuego que crece en mi cuerpo. Golpe tras golpe hasta que Mazzy me dice que ya.

27. —Pendejo —repite, esta vez un murmullo.

28. En el otro extremo del cuarto, el japonés nos apunta con la pistola de Ismael. El samurái ha resucitado, tembloroso, iracundo y lanza palabras incomprensibles al aire. Entonces busco en mi mente ese lugar tranquilo, ese sitio lejano que me salve de la vida, que me salve de todo esto. Árboles, muchos árboles. Un bosque. No puedo. No quiero estar solo. Regreso por ella: Mazzy. Estiro el brazo para tocarla.

29. Imbécil, ¿aún crees en el amor?

30. Miro al japonés: tembloroso, iracundo, exigiendo. Debe estar imaginándose en este instante unas alas hermosas en la espalda de Lucas. ¿Lo miras volar, verdad que lo miras volar?

Le pregunto, pero no obtengo respuesta.

PLUMITA CONSENTIDA,
PLUMITA DE MI VIDA

Para Yael Weiss

Aguas con el Escritor, se mete en cada bronca. Concierto de Manu Chao, por ejemplo, auditorio de Tijuana. Pesada la repre, me cae. Llegabas, te pasaban báscula, te bajaban los cigarros. Hey, qué onda. Ta bien, ta bien, nomás no haga cosquillas, pinche Placa. Qué trae ahí, me pregunta un míster. Mi pluma, jefe, mi pluma consentida. Tengo otras plumas, pero esta es la mera buena, y no porque sea desas Monblán supercaras, nel, esta es una pluma Bic, de las que a veces se chorrean y te manchan el pantalón; una pluma acá bien normalona pero que me ha hecho el paro en sobradas ocasiones como aquella en que mi waifa me dejó fuera de la casa porque llegué bien tarde, y yo toque y toque la puerta, diciéndole vidita, corazoncito, chaparrita de mi amor: Déjeme entrar a la chante que me muero de frío. Y yo grítele grítele, y ella ignóreme ignóreme. Derribemos esta frontera, waifa mía. Y la canija como poseída, me cae, no me abría, me ignoraba y ahí estaba la morra echándose un cigarrito en la sala, como diciendo ahora que se chingue el Escritor, por ojéis, porque llega tarde y no me avisa. Entonces fue questa pluma, pinche Placa, wáchela bien, esta plumita que se ve normalona me hizo el paro bien de aquellas. Porque yo no soy bueno pa la improvisada, como otros batos, ¿mentiendes? Seré muy escritor y todo el pedo, pero yo necesito una pluma y un papel parinspirarme. Y por suerte traía en la bolsa una servilleta que me dieron en una cantina que se llama Don Loope, y que me pongo a escribirle palabras de amor suavecito, desas mismas que echaba en la oreja de mi waifa cuando estaba quedando bien con ella. Y lescribí: "Pasioncita que me causa usté y le digo, me cae, questoy aquí namás por pensar tanto en su cabello lacio (¡cómo se me antoja pasarle un cepillito!); si no, chance y me hubiera quedado más rato en el Don Loope; perdóneme esta vez, al fin que usted sabe que yo tengo su nombre tatuado en el ventrículo izquierdo, ahí donde nobory els". Y pos que le paso el mensaje por debajo de la puerta, y pos quella lo mira, y pos como que lo ignora al principio, y yo como que todavía wachando, muriéndome del hielo. Y finalmente va, abre la servilleta y como que piensa tirarla al excusado, me cae; pero yo la conozco, se ablanda poco a poquito, sus pestañas aletean, le pega un jalón al cigarro y me abre la puerta. Profundo suspiro de su parte. Igual y no me salvo del chingadazo bien felón que me surte; pero hasta ahí llega el pedo y duermo calientito.

Concierto de Manu Chau, ¿remémber? Próxima estación, warévver. Pos quel Placa me dice: No se permite entrar con plumas al concierto. Se pueden usar como arma punzocortante.

Ah, dio.

¿Mi pluma no entra? Sabe qué, le digo: Yo no le doy mi pluma a naiden, mucho menos a un tiranalfabeta como usté; primero muerto que soltarla. Y el poli, bien acá: pos ahora me la das. Y yo que ni maiz. Y pos que le habla a otros polis. Y ahí vienen tres contra el Escritor, y yo bien prendido de la pluma, no la suelto. Entonces ellos, montoneros, me caen encima y vóytelas un chingadazo en la cabeza, y me duele pero no suelto la plumita. Y pos ya entrados, polis al fin, se regodean dándome unas patadas y unos macanazos en las costillas, y pos seré escritor pero no soy inmortal, así es que suelto la plumilla y se la llevan, los muy cabrones. Encima veo cómo el Placa jefe se la mete en la bolsa y se ríe como diciendo: Esta mijita es mía.

Ni modo de hacerla de tos. Entro al auditorio, medio rengueando, sobándome las nalgas y encuentro un lugarcito dónde sentarme, todo agüitado, recordando a esa pluma y todas las buenas aventuras que habíamos vivido juntos. Empieza la música, bien acá. El Manu es un chaparrito buena onda. Por ahí andan los policías todavía, rondando, vigilando, buscando ver quién trae más punzocortantes. Y yo acá, bien adolorido. No sé de dónde me salen las fuerzas y el orgullo y enfrente de toda la raza, mestiro muy acá y saco la otra pluma, la que siempre traigo guardada en el calcetín, la námber tu, y escribo en mi libreta todo lo que me da la gana. Y la Placa se da cuenta de volada y dice: "Wachen, ai ta ese bato, trae otra pluma". Pero de aquí que llegan, yo ando en otro lugar y nunca mencuentran porque el bailongo ya está al máximo. Lo único que hallan es un papel donde yo estaba, y una cosa escrita en ese papel, y ellos leen, y se encabronan porque saben que viene de la inspiración de la pluma námber tu del mero mero Escritor, y el papel dice simplemente: "CU-LE-ROS". Y veo desde lejos que lo rompen, y yo mestoy riendo, y todavía me duele, pero no dejo de reírme y de bailar rodeado de morras alivianadas la música del chaparrito Manu Chao.

LA SILLA VACÍA

Para Julieta García González
y Hebert Axel González

I

AAA: ¿Qué ves ahí?
ZZZ: Nada.
AAA: ¿Qué ves?
ZZZ: Te digo que nada.
AAA: Haz un esfuerzo.
ZZZ: No veo nada.
AAA: ¿Ya vas a empezar?
ZZZ: ¿Con qué?
AAA: Con el rechazo.
ZZZ: No.
AAA: Con la negación.
ZZZ: N…
AAA: …
ZZZ: Es que no puedo. Ahora no puedo.
AAA: ¿Qué ves ahí?
ZZZ: Nada.
AAA: ¿Qué ves?

ZZZ: Una silla, veo una silla.
AAA: No te estás esforzando. Cierra los ojos.
ZZZ: Para qué.
AAA: Así se te ha hecho más fácil en otras ocasiones.
ZZZ: Pero ahora no puedo.
AAA: ¿Qué ves?
ZZZ: Una silla, ya te dije, una silla vacía.
AAA: No estás avanzando.
ZZZ: Tienes razón. A veces siento que no estamos avanzando.
AAA: No estoy avanzando.
ZZZ: No estás avanzando.
AAA: Juegas.
ZZZ: No.
AAA: Entonces, ¿qué ves ahí?
ZZZ: …
AAA: Te espero.
ZZZ: …
AAA: …
ZZZ: …
AAA: ¿De qué estábamos hablando?
ZZZ: De lo mismo, de mí.
AAA: Bien. Me estabas diciendo que…
ZZZ: ...que la vida me presiona, que siento una barrera, una Frontera que me delimita.
AAA: Bien. Háblame de esa Frontera.
ZZZ: Te dije que es imaginaria, que no puedo hablar de ella.
AAA: ¿No puedes hablar de lo imaginario?
ZZZ: …

AAA: Háblame de ella.

ZZZ: ¿Ella? Parece que estamos hablando de una mujer.

AAA: Vida, barrera, Frontera. Usas sustantivos femeninos. ¿Te sientes presionado por una mujer?

ZZZ: No.

AAA: Por lo tanto no estamos hablando de una mujer, ¿verdad? Te decía: describe esa barrera, háblame de la Frontera.

ZZZ: Sería más fácil si fuera una mujer. Te podría hablar del color de sus uñas, de sus aretes, sus pulseras, sus anillos. La manera en que se viste: falda, pantalón. Sus zapatos.

AAA: Objetos.

ZZZ: ¿Qué?

AAA: Mencionaste objetos. Háblame de ella, de la Frontera. Descríbela por dentro. Imagínala.

ZZZ: No puedo. No tiene…

AAA: …

ZZZ: No se puede hablar de ella. No.

AAA: ¿Qué ves ahí?

ZZZ: …

AAA: En esa silla, delante de ti. Imagina a la Frontera. Quiero que la veas, que la sientas, que le hables. ¿Puedes verla?

ZZZ: No tanto como verla; pero creo que sí puedo hablar de ella.

AAA: No me lo digas a mí.

ZZZ: Eh... No sé qué decirle.

AAA: A ella.

ZZZ: No sé qué decirte.

AAA: Sigue.
ZZZ: Siento que me presionas.
AAA: ¿Cuánto tiempo tienes de conocerla?
ZZZ: Mucho. Muchísimo.
AAA: No me lo digas a mí.

II

ZZZ: Ya lo sabes. Te conozco desde hace años, desde la infancia. Tengo una memoria vaga de nosotros jugando en el jardín de mi casa. Yo era un niño solitario. Tú eras una Frontera solitaria. En ese tiempo eras mi Frontera favorita, no conocía a otra. Le hablaba a mi mamá de ti y ella pensaba que eran fantasías de niños. No se dio cuenta de cuando dejé de mencionarte; aún estabas conmigo, en mi cabeza, en mi corazón. Eras una demarcación, pero deseabas ser como yo. Fuimos adolescentes y tuvimos las mismas experiencias, los mismos descubrimientos. Entonces yo necesité libertad, requerí espacios más amplios para desenvolverme (siempre he necesitado libertad, autonomía). Ahí fue cuando sentí por primera vez tu autoridad. Y traté de rebelarme. En vano. Salí de la escuela, busqué trabajo, traté de hacer una vida normal. Procuré enamorarme de una mujer, una de las secretarias de la oficina donde trabajaba. ¿Me dejarías enamorarme, me permitirías besarla? Por supuesto que no. Eras una Frontera inflexible y por más que te insistiera no lograba que me soltaras, no podía ir más allá del perímetro que marcabas a mi alrededor. Pensé que eras mi amiga, pero querías de mí algo más que amistad. Me restringías. No me permitiste amar a esa mujer, ni a ninguna otra.

III

AAA: ¿Qué pasaría si la llamaras de otra forma?

ZZZ: ¿Cómo?

AAA: Llamarla "Frontera" o "barrera" lleva en sí un contexto específico; implica, desde la palabra misma, que es necesario franquearla. Ahora bien, si la llamaras de otra manera

ZZZ: Una Frontera es una Frontera, es un límite, es un confín; no puedo llamarla Margarita o José Agustín. Tengo que llamar a las ideas por su nombre, ¿no me dijiste eso alguna vez?

AAA: Continúa.

ZZZ: ...

AAA: ...

ZZZ: ...

AAA: ¿Qué pasó?

ZZZ: Me cortaste la aviada.

AAA: ¿Te la corté yo?

ZZZ: Pues sí, ahora nuevamente es una silla vacía. No veo otra cosa.

AAA: ¿No ves o no quieres ver?

ZZZ: Ya no se me ocurre qué decirle.

AAA: Bien.

ZZZ: ¿Bien qué?

AAA: El siguiente paso consiste en que te sientes en la silla vacía y ocupes el lugar de la Frontera.

ZZZ: ¿Qué quieres que haga?

AAA: Quiero que se inviertan los papeles, que seas la Frontera y respondas a las acusaciones que acabas de hacer.

ZZZ: ¿Acusaciones?

AAA: Las historias tienen más de una versión.

ZZZ: ¿Quieres que yo sea la Frontera?

AAA: Así es.

ZZZ: ¿Para qué?

AAA: Quiero que hables, Frontera, quiero que respondas a todo eso que te han estado diciendo. ¿Crees que es justo?

ZZZ: ¿Yo me siento en esa silla?

AAA: Sí.

ZZZ: ¿Yo contesto como la Frontera?

AAA: Sí.

ZZZ: ¿Cómo voy a hacer eso?, yo soy yo, yo no soy ella.

AAA: Inténtalo. Siéntate ahí.

ZZZ: Imposible.

AAA: ¿No te puedes sentar ahí?

ZZZ: Bueno, sentarme... eso sí puedo.

AAA: Hazlo.

ZZZ: ...

AAA: Nada te cuesta intentarlo.

ZZZ: ...

AAA: Bien, ahora responde a esto: ¿crees que es justo lo que se dijo de ti?

ZZZ: ...

IV

AAA: ¿Es justo?

FNT: No.

AAA: Me interesa tu punto de vista.

FNT: ¿Por qué?

AAA: Creo que tienes mucho que decir.

FNT: Puede ser. Pero ¿qué me gano con decirlo?

AAA: ¿No tienes deseos de que alguien te escuche?

FNT: A mí nadie me escucha.

AAA: Ahora tienes la oportunidad de hablar.

FNT: ...

AAA: ¿Qué pasa?

FNT: Me parece sospechoso.

AAA: ¿Qué es sospechoso?

FNT: Nadie se ha interesado, mucho menos él.

AAA: A mí me interesa.

FNT: ¿Por qué?

AAA: Quiero ayudarte.

FNT: Y qué ganas con ello.

AAA: ...

FNT: ...

AAA: ¿Tengo que ganar algo?

FNT: ...

AAA: ...

FNT: ...

AAA: La satisfacción de haberte ayudado.

FNT: Y supongo que también una compensación económica.

AAA: ...

FNT: ...

AAA: Recibo honorarios, si a eso te refieres.

FNT: Él te paga.

AAA: Sí.

FNT: Y si él te paga, ¿acaso no debo suponer que ese detalle podría enturbiar tu objetividad?

AAA: ¿Te preocupa eso?

FNT: ...

AAA: Mi trabajo depende de la objetividad, sin importar quién me pague.

FNT: ...

AAA: Dime, ¿son válidos sus reproches?

FNT: ...

AAA: Fue bastante duro contigo. ¿Estás de acuerdo con lo que dijo?

FNT: Exageró.

AAA: Explícame.

FNT: Simplificó.

AAA: ¿De qué manera?

FNT: No ha visto su participación.

AAA: ¿A qué te refieres con "participación"?

FNT: Me refiero a lo nuestro, nuestra relación, nuestra interdependencia. No hay Frontera si no existe la necesidad de cruzar. Existen los cercos para mantener afuera lo que no se desea adentro, cierto; pero esas barreras no tendrían razón de ser, un sentido, si alguien no intentara cruzarlas. O sea, el límite prevalece porque hay quien desea traspasarlo. Toda Frontera existe solo en la imaginación del que desea franquearla. Es un invento del que vive enfrentándose a ella. Un binomio perfecto.

AAA: Es una tesis interesante. ¿Puedes decirme un poco más?

FNT: Ya dije demasiado.

AAA: Tu argumento es ambiguo.

FNT: ¿Ambiguo o interesante?

AAA: Interesante y ambiguo.

FNT: ...

AAA: Los límites no siempre están en la imaginación. Algunos son bastante palpables y se establecen por distintas razones.

FNT: Es tu punto de vista, no voy a discutir.

AAA: Percibo que tratas de decir que todas las Fronteras están en la cabeza, producto de uno mismo.

FNT: Sí.

AAA: Eso es cierto en algunos casos; en otros, las Fronteras son reales.

FNT: ¿A qué te refieres con "reales"?

AAA: ...

FNT: ...

AAA: ...

FNT: ¿Reales cómo? Él habla así a veces, como tú, incomprensible.

AAA: ¿Qué te dice que te parece "incomprensible"?

FNT: Cambias de tema, no me haces caso. No me dijiste a qué te referías con "reales"; quieres en cambio que yo te explique...

AAA: ¿Te molesta explicarme?

FNT: No acostumbro hablar. Casi no opino. Mi opinión no vale.

AAA: ¿Eso crees?

FNT: ¿Tú, no?

AAA: No, ya te dije que me interesa lo que piensas, quiero saber tu versión.

FNT: Ajá.

AAA: ¿Desde cuándo se conocen?

FNT: ¿Quiénes?

AAA: Ustedes.

FNT: Te refieres a la silla vacía.

AAA: Tú sabes a qué me refiero.

FNT: Sí, sí, claro. Me pareció escucharlo decir que desde la infancia, ¿no? Desde entonces, pues.

AAA: ...

FNT: O antes. Sí, antes. A él le daría terror saber que nos conocemos desde que nació, que nacimos juntos, de la misma madre, en el mismo momento.

AAA: ...

FNT: Es complicado.

AAA: ...

FNT: Hubo momentos felices entre nosotros. Hubo... Pero él cambió.

AAA: ¿Solo él?

FNT: Llamarme Frontera, eso es reciente. Empezó a llamarme así cuando comprendió que su vida no funcionaba.

V

ZZZ: Yo también tengo derecho a opinar.

AAA: ...

FNT: ...

ZZZ: ...

AAA: Estoy hablando con la Frontera. Tuviste tu oportunidad, ahora quiero hablar con ella.

ZZZ: Pero está tergiversando.

FNT: No deja hablar, le gusta estar interrumpiendo, lo hace siempre.

AAA: ¿"Siempre"?

FNT: Siempre. Más que un momento, más que dos momentos... siempre.

AAA: Sigue.

ZZZ: Insisto que quiero opinar. No puedo permitir que siga si me acusa de lo que no hice.

FNT: Para que veas quién es Frontera de quién.

ZZZ: No tiene nada que ver con eso. Solo quiero que me escuches.

AAA: Aquí primero habla uno y luego el otro.

FNT: Nos tenemos miedo.

AAA: ¿Quiénes?

FNT: Tú sabes.

AAA: ...

FNT: Nos tenemos miedo.

VI

ZZZ: Necesito que me deje respirar, que me deje al menos un tiempo.

AAA: ¿Qué sientes?

ZZZ: Eso...

AAA: Ponlo en palabras, ¿qué es "eso"?
ZZZ: Asfixia, siento que me asfixia.
AAA: ¿En dónde lo sientes?
ZZZ: Es mentira lo que dice.
AAA: ...
ZZZ: Si ella me deja respiraré al fin, podré moverme con libertad.
AAA: ¿Te impide moverte?
ZZZ: Es una Frontera.
AAA: Es tu Frontera.
ZZZ: No es mía. Ella llegó a mí. Ella me buscó.
AAA: ...
ZZZ: He tratado de alcanzarla. He querido tenerla. Nada es posible con ella. Se va, se aleja, cambia su forma. Se mueve cuando menos lo espero. Se modifica.
AAA: ¿Cómo es que hace eso tu Frontera?
ZZZ: No sé, se mueve. No puedo traspasarla si está en constante movimiento. No puedo trascenderla si está en constante crecimiento: se expande.
AAA: ¿Podrías aclarar?
ZZZ: No me entiendes. Claro, ni yo mismo me entiendo. Es complicado. Es tan solo una Frontera. Es posible que ni siquiera sea eso.

VII

FNT: Él me invitó.
AAA: Dijiste conocerlo desde antes de su infancia...
FNT: Sí, pero porque él me invitó.

AAA: Explícate.

FNT: Creerías que estoy loca.

AAA: No juzgaré, no es mi papel.

FNT: No me dirías nada, pero creerías que estoy loca. ¿Para qué te digo? Lo único importante es que él me invitó.

ZZZ: Eso es absurdo. Ni llegó antes, ni la invité. ¿Cómo iba a invitarla antes de nacer, antes de ser un niño capaz de hablar y de jugar? Imposible.

AAA: ¿Por qué crees que dice eso?

ZZZ: Porque está loca. Porque me quiere tener prisionero.

AAA: ¿Prisionero?

ZZZ: Es la Frontera. No hay forma de traspasarla. Es un límite, te lo dije.

AAA: Ya hablamos de esto. ¿No quieres atravesar esa Frontera, no quieres llegar al otro lado? Depende de ti.

ZZZ: ¿Y ella qué? ¿Por qué yo tengo la única responsabilidad? No es justo. No la invité, llegó, se quedó, estrechó sus límites y ahora yo soy el único responsable. Eso me estás diciendo, ¿verdad?, ¿eso quieres que confiese?

VIII

FNT: Me pedías que estuviera a tu lado, que te protegiera. Mis límites fueron los primeros y fueron límites amorosos. ¿Por qué crees que eras un niño tan bueno, que tu mamá no te regañaba? Acuérdate.

Piensa en lo rápido que aprendías. ¿Cómo crees que se aprende? Con límites. El aprendizaje sin dolor surge de mí. Pude haber sido cruel contigo, pero no lo fui. No te regañaban, ¿verdad? Casi nunca. A veces, juntos, hicimos cosas malas. Te dejé entrar y salir muchas veces, muchas. Pero eso ya no lo recuerdas. Piensa en esto: ¿quién me invitó? Tú. No hay más. Y no mientas. Besaste mujeres. Les hiciste el amor. Si no te gustó o si te gustó tanto que te asustó, no fue culpa mía. ¿Por qué no lo dices? Dilo, es el momento. Yo diré mi parte. Ahora te asusta, como todo. Ahora te parece ridículo. Eso ya no es culpa mía.

IX

AAA: ¿Qué pasa?

ZZZ: Esto es insoportable. No puedo seguir.

AAA: ¿Qué te sucede?

ZZZ: ¿Cómo se atreve a decir eso de mí?

AAA: Tú también has tenido oportunidad de hablar.

ZZZ: Y todavía quiere decir más. La conozco, sé de lo que es capaz...

AAA: Explícate.

ZZZ: No creo que sea necesario. No creo que sea posible. ¿Para qué? Ya viste cómo es. Refutaría lo que digo. No se conforma con ser Frontera, no se limita a limitarme, quiere ser parte de mí, quiere que me convierta en ella.

AAA: ...

ZZZ: No la dejaré, no lo haré, no puedo.

AAA: ¿"No puedo" o "no quiero"?

ZZZ: Estoy cansado.

AAA: Está bien. Continuamos la siguiente semana. No olvides que la confrontación es una parte esencial del proceso. ¿No quieres cruzar esa Frontera? ¿No quieres cruzar todas las Fronteras que te encuentres?

ZZZ: ...

AAA: Es cuestión de paciencia.

ZZZ: ...

AAA: Nos vemos la próxima semana.

ZZZ: ...

X

AAA: ¿Qué pasa, olvidaste algo?

FNT: Tienes razón.

AAA: ¿Cómo dices?

FNT: No es un asunto sencillo.

AAA: ...

FNT: Ahora lo entiendo.

AAA: ¿Qué entiendes?

FNT: ...

AAA: ...

FNT: Tengo algo que decirte, algo que ni él mismo sabe.

AAA: ¿Me lo quieres decir ahora?

FNT: Si tienes tiempo.

AAA: Claro. Ya te dije que quiero ayudar.

FNT: Es un secreto muy guardado.

AAA: Bien. Pero ya sabes: no me lo digas a mí...

FNT: ¿A la silla vacía?

AAA: Exacto. Imagínalo ahí. Dile lo que quieras. No habrá más interrupciones.

FNT: La silla vacía.

AAA: Eso es, la silla vacía.

EL SUAVE RITMO QUE HAY EN SUS PESTAÑAS

Para Melissa y Alejandra Marrón

Llora una bebé todos los días a las cuatro de la mañana. Es una persona exigente que no deja pasar la oportunidad de criticar a sus padres, especialmente si estos tardan en atenderla. Zombi se levanta el papá para sacarla de su cuna y ponerla en los brazos de la mamá dormida.

Treinta minutos después, zombi se levanta el papá para regresarla a la cuna.

La mamá despierta pensativa. Le preocupa el futuro de su hija. ¡Ya cumplió tres meses y no tiene visa! ¡No puede entrar a Estados Unidos como cualquier otro ser normal! El papá también está preocupado. Ya inició la temporada de béisbol y ella necesita sentir la emoción del rey de los deportes.

Como si fuera una responsabilidad cívica, durante la mañana el papá marca un número telefónico y recibe la noticia de que se le cobrarán doce pesos por cada minuto que transcurra en la llamada. "Quiero tramitar una visa para mi hija". Por otro lado de la línea, una mujer habla lentamente explicando cada paso del trámite; toma el nombre de la niña y el papá siente que debería platicarle mucho más; es decir, "ella no solo es un nombre, señorita, es una persona, usted debería ver su carita linda, debería escucharla llorar, toser, eructar, ¡es maravillosa!". La mujer escucha la perorata pacientemente (doce pesos por minuto), y le informa al orgulloso padre que cuando llene la solicitud de visa no olvide las preguntas 33 y 34, que son las más importantes.

Es un deber solemne (y requerido por el gobierno) que ambos padres asistan a la repartición de visas; pero, el día de la cita, la mamá no puede obtener un permiso de sus patrones y el papá tiene que asistir solo al evento. Carga a su bebé como si fuera la antorcha olímpica y no deja de presumirla entre la multitud que hace fila. Todos aciertan en decir que es una niña bonita, llena de salud.

Primera parte del trámite: llenar la solicitud. El papá se colma de felicidad al descubrir que no solo se requiere el nombre de la personita, sino también el color de ojos, piel y cabello, su religión, su raza, su fecha de nacimiento, tipo sanguíneo, nombre de padres y abuelos. El papá llena los renglones, danzando un vals sin fin por el planeta, hasta que llega a la pregunta 33, que no es una pregunta sino varias:

¿Has pertenecido a alguna asociación terrorista?

¿Habrá quienes respondan que sí? Quizás un terrorista honesto, temeroso de que con una mentira entraría en riesgo su posibilidad de obtener la visa.

¿Has practicado alguna vez el contrabando?

Aunque es ilegal cruzar la frontera con productos agrícolas, como bien lo dictan las leyes aduanales de Estados Unidos, el papá recuerda la ocasión en que se llevó dos manzanas a un juego de béisbol. Sin embargo, no encuentra lugar para escribir esta explicación.

¿Has estado en la cárcel por haber cometido algún crimen?

Lo que menos se necesita en Estados Unidos es gente con antecedentes penales. El papá recuerda aquella ocasión pero fue hace demasiados años. De cualquier forma, se refiere a la bebé y ella definitivamente no (hasta donde el papá sabe).

¿Has ayudado a alguna persona a cruzar la frontera con documentos falsos?

El papá siente que esta es una pregunta capciosa. "Falsos" es un adjetivo ambiguo y, pues, refiriéndose a la bebé, por supuesto que no.

Todo eso fue la pregunta 33. La 34 es mucho más siniestra:

¿Es tu deseo ingresar a Estados Unidos para unirte a una asociación con fines y acciones terroristas?

Le sorprende al papá descubrir que existan tales asociaciones donde alguien pueda afiliarse. Lo único que le interesa es el béisbol, mientras que la mamá solo quiere aprovechar las ofertas en las tiendas de ropa y calzado.

El papá contempla a su bebé. Esos ojos cafés, esa sonrisa, ese cabello rizado, esas expresiones angelicales. No y no y no y no. El hombre manifiesta su enojo en las veces que decide remarcar con una equis la palabra

"No". Su hija no es ni será nunca una Patty Hearst, ¿qué razón tendría de serlo? Le inunda una súbita tristeza cuando imagina al padre de la bebé Patty contestando un cuestionario similar. ¿Qué respondería? El papá busca en los ojos de su hija algún indicio. La niña abre los ojos con el suave ritmo que hay en sus pestañas.

Estas preguntas no tienen justificación. Debería existir una solicitud especial para estos casos. Deberían decirle: "¿Es usted papá de una hija bonita? Entonces no le toca la forma 24B sino la 25H".

Pregunta número 34:

¿Cree que su hija hará en la vida todo lo que usted desea?

¿Cree que su hija se casará alguna vez con un barbaján, bueno-para-nada?

¿Cree que su hija le romperá el corazón, algún día, cuando usted menos lo espera?

Esas preguntas serían más adecuadas. De cualquier forma, no y no y no a todo.

Segunda parte del trámite: el papá tiene una entrevista breve con un cónsul.

—¿Es usted el papá?

—Sí.

—¿Y la mamá?

—No está.

—¿Dónde está?

—Lejos.

—¿Qué tan lejos?

—Muy.

—¿En qué trabaja?

—¿La mamá?

—No. Usted.

—Escribo. Hago cosas aquí y allá. Escribo.

Por casualidad pura, ese hombre rubio también tiene un bebé de tres meses. Extrae algunas fotos y el papá, como respondiendo a un duelo, desenfunda también las suyas. Fotos contra fotos. Dos tahúres sacándose de la manga una multitud de ases: bebé desnudito sobre la cama, bebé de mal humor, bebé necesita cambio de pañal, bebé bañándose y llorando porque le cayó champú en los ojos.

Pregunta 35:

¿Cree usted que su hija se enamorará alguna vez del hijo de un cónsul? Sí. No.

La vida está llena de incertidumbre.

Como despedida, el cónsul le entrega un papelito que dice: "¡¡¡FELICIDADES!!! A usted se le ha aprobado una visa para ingresar a Estados Unidos de América, el país más poderoso del mundo".

A pesar de haber obtenido lo que buscaba, el papá regresa a su casa con el corazón apesadumbrado.

DIEZ MINUTOS DE FUTURO

Para David Ojeda

Si la cárcel me la dan tus brazos
no habrá prisionero
más feliz que yo
F. VALDÉS LEAL / R. ORTEGA

3:00 a. m., desperté pensando en ti, nada de raro en ello

Me pregunto si tú también estás despierta, en tu casa

Mira, eres mi mayor anhelo

Ayer salí con Magda, bebí un par de espresos y ella comió pastel de chocolate; ¿te he dicho que adora el chocolate?, ¿a John Goodman?, ¿que es sagitario?

Quise confesarle que estaba enamorado de una mujer alta y delgada, pero estoy maniatado por una promesa: no develarte, no hablar de ti ni un mínimo detalle

Tu paranoia te hace suponer que si le digo algo, ella se lo dirá a fulano, quien se lo dirá a mengano y así, eslabón por eslabón, hasta llegar a

No creas que a Magda le importamos; esa tarde se sentía confundida, triste: ha terminado la universidad, tiene que empezar una tesis, piensa en su futuro, en buscar trabajo, en los constantes pleitos con su madre, en que no quiere ser como ella: no quiere saber de matrimonio ni de hijos; su mundo da unas vueltas incontenibles

¿Te he dicho que ya no me observa con ilusión?

Yo quería hablarle de ti

Más temprano llevé a mi mamá al otro lado; larga fila para cruzar la frontera; una hora y media de silencio

Escuchábamos a los Cadetes de Linares, una canción acerca de tres mujeres que se matan, unas a otras, por el amor de un hombre: "Se dieron de puñaladas allá entre los mezquitales"

Sin decir agua va, le pregunté cómo había sido mi adopción

—¿Cómo? —preguntó mi mamá, sorprendida; su pregunta solo ganaba tiempo para desempolvar una respuesta que había preparado hace muchos años

Me explicó que mi madre biológica había trabajado para ella, limpiando y planchando; tendría unos veintidós años; llegó embarazada y no sabía quién era el padre de su niño, más bien no quería decir su nombre

Le sería imposible mantener al bebé, ya tenía dos hijos, también sin padre; además, ¿cómo regresar a su tierra y explicarle a su familia? El aborto no era alternativa; pensaba dejar a su hijo en un orfanatorio, quizá con unas monjas que se hicieran cargo de él

Mi mamá le dijo que no se preocupara, que ella pagaría los gastos del embarazo y el parto si le dejaba al niño; ya buscaría después la manera de legalizar su adopción; mi mamá, una mujer sola, cuarentona; la esperanza de tener un hijo; brillaban sus ojos cuando me contaba esa historia; no supe qué responderle; el silencio y la música, ellos fueron testigos

Cuarenta años después de aquel suceso, de aquella entrega, de aquel abandono, le pregunté a mi mamá si sabía algo de esa señora; me dijo que no, que la había vuelto a ver cuando yo estaba en secundaria; se encontraron en el centro, hablaron brevemente de mí (no entró en detalles, no los recordaba), se despidieron y nunca más volvió a saber de ella

Al llegar a la frontera el guardián nos miró con sospecha: un hombre de cuarenta años y su mamá en un viejo y sucio Volkswagen

—*What are you bringing from Mexico?*

Ambos hicimos cara de no entender lo que nos dijo

Hizo su mejor esfuerzo, tartamudeando, molesto por tener que explicarse en otro idioma

—¿Ké trai de Mécsicou?

—*Nothing* —respondimos

Nuestros documentos, más que revisarlos, los sometió a un exhaustivo escrutinio; quiso encontrar algo; no sabía qué, algo, lo que fuera; nuestros pasaportes estaban en orden, *sorry*

Le hubiera gustado impedirnos el paso, pero no tuvo una razón válida

—Pasen, pasen —dijo malhumorado

En esta noche de insomnio pienso en ti y en esa mujer que tuvo un hijo y lo dejó en manos de otra mujer; tristeza y felicidad en una sola casa; quizá llanto y alegría, quizá; ambas mujeres, y tú, me acompañan mientras espero que llegue el amanecer y la hora de ir a trabajar

El Gerente de la fábrica es un gringo alto que, cada vez que sonríe, presume una serie de dientes grandes; cada mañana recorre los escritorios con el firme propósito de hacer un comentario simpático

—¿Qué te pasa?, te ves decaído; dile a tus novias que te dejen en paz

Mi cama, mi almohada, mis cobijas, mi soledad

Claro, les diré que me dejen en paz

Al Gerente le encantaría saber de ti

Pero no lo merece, no lo entendería, sería demasiado para él, para sus grandes dientes

—¿Hace cuánto dejaste la Policía?

—Fue un trabajo administrativo

Policía de escritorio; eso es todo

—Al Director le interesa esa parte de tu pasado —agrega el Gerente—, quiere saber si esa experiencia tuya podría serle útil en un nuevo proyecto; ¿te interesaría un nuevo proyecto?

La verdad: no me interesa nada, solo quiero hablar de ti, solo busco en el mundo a una persona que merezca el honor de escucharme describir tus piernas y tus hombros; quiero hablar de tus rodillas espléndidas y tu historial de cicatrices que es como un álbum de fotografías: caídas de bicicletas, pleitos con hermanos, apéndice extraído un día antes de tu fiesta de quince años

Quiero publicarlo en los periódicos, dar entrevistas en los noticieros: tus lunares, costillas, ombligo, axilas, dedos de pies y manos

El Gerente siguió con su interrogatorio

—¿Cuánto tiempo tienes en esta posición?

Ni idea; para eso existen los departamentos de recursos humanos, ¿no cree? Pero, ya que lo pregunta, déjeme explicarle: el trabajo que hago es tan monótono que tengo la impresión de haber estado en esta posición durante siglos; nací en esta posición; no en una posición fetal como el resto de los seres humanos, sino en esta posición; mi dios, el reloj checador

Por supuesto, nada de eso le digo; guardo un respetuoso silencio

Tengo una fantasía que no es muy complicada: caminamos por una playa, juntos; el mar alcanza nuestros pies, luego se retira; las olas acercándose/alejándose sobre la arena; miramos durante un rato, en silencio, hasta cansarnos; luego regresamos a nuestra casa; somos felices, sin preocupaciones

Quizá te parezca muy rudimentaria, poco materialista, poco divertida; a ti que te gusta bailar, dime: ¿te gustaría agregar música a mi fantasía?

3:00 a. m., despierto

No sé cuantas veces he despertado a esta hora, la misma hora, y no sé cuantas veces he repetido la misma rutina: darme vueltas como un tonto, tratando de volver a dormir

Siempre que veo el reloj es la hora exacta; 1:00, 2:00, 3:00; lo hago inconscientemente; también puedo ver el reloj a una hora inexacta, digamos a las 4:16; pero eso sería prefabricado; cuando volteo hacia el reloj, de manera natural, el minutero apunta cada vez hacia el doce

La primera vez que lo mencioné te pareció curioso; te dije que podía predecir el futuro, solo unos minutos de futuro; no lo creíste; para ti era delicioso y absurdo cuando comenté que en menos de diez minutos recibirías una llamada en tu celular; a veces eres demasiado racional, científica, te lo dije; disfrutabas mi crítica, la festejabas hasta que sonó el teléfono

Cuando tu marido habla y estamos en el hotel, te levantas rápidamente y te encierras en el baño; entiendo que quieras estar a solas con él, entiendo que te cueste trabajo mentirle

Mira, en la playa de mi fantasía no existe mi trabajo ni tu marido;

¿Quieres que le agregue música?

¿Bailamos?

El Director es un gringo idiota; estamos solos en su oficina, encerrados, pero insiste en hablar en voz baja; me dice que confía en mí y que tengo futuro en la empresa; aguanto un largo discurso sobre las ventajas de trabajar ahí; la verdad, es un empleo como cualquier otro, solo que aquí tengo que usar una estúpida corbata

Al Director le gustan los hombres con corbata; me lo dice

—¿Por qué dejó la judicial?

Respondo lo que se merece

—Porque no ganaba suficiente dinero y me atrajo el anuncio de que solicitaban empleados administrativos en esta ilustre compañía manufacturera

La respuesta le halaga

Tampoco a él le hablaría de ti; de hecho, solo hablaría de ti con Magda; lástima que está muy metida en sus ondas y no tiene tiempo para los demás; se esfuerza, eso sí; se esfuerza en ponerme atención pero me parece que solo espera que yo deje de hablar para iniciar ella; a mí me interesa su mundo, no lo niego: sus compañeros de clase, sus fiestas, un novio que adora, el ambiente lleno de música y desmadre, me gustaría estar ahí, con ellos, veinte años menos; pienso en ese tatuaje que tiene en la cadera, esa mariposa

¿Te he dicho que eres mi mayor anhelo?

El Director piensa que los policías mexicanos son como los gringos, y cree que los policías gringos son como los que salen en las películas; no le cabe la menor duda de que Brad Pitt solucionaría su problema; pero yo soy como John Goodman, ¿nadie se lo ha dicho?

No he insistido en el tema de mi adopción; mi madre biológica debe andar por ahí; o quizá ya se murió; sus hijos y sus nietos son mis parientes; ¿Debería buscarlos? No tengo información acerca de ellos; además, sería muy desconcertante localizarlos

¿Cómo hablarles de mi existencia si ni siquiera saben que existo? ¿Me pareceré a ellos? No soy capaz de encontrarlos; solo tengo el nombre de ella en mi acta de adopción, y ni siquiera los dos apellidos; ¿sabes cuántas mujeres con ese nombre hay en el directorio?

Buenas tardes, señora, no sé si usted me recuerde; hace cuarenta años tuvo un hijo y se lo entregó en adopción a una mujer; esa mujer nunca me explicó que yo era su hijo adoptivo, así que me enteré de la peor manera: siendo adolescente, en plena lucha hormonal; por supuesto, no supe lidiar con esa información acerca de mi vida; dejé mis estudios, me volví delincuente, etcétera, etcétera

Soy demasiado dramático; Magda me diría: "No mames; para tragedias, Sófocles y Eurípides"

Pues sí

Algo similar sucedió en *The Terminator,* el primer film de la serie protagonizada por el antipático Arnold Schwarzenegger; él era un maligno robot que tenía la misión de matar a una tal Sarah Connor, mamá de quien en el futuro sería el salvador del mundo; como era un robot inteligente, y sobre todo pragmático, lo primero que hizo fue buscar en el directorio telefónico; después empezó a destripar a cuanta señora Connor encontró en los suburbios

No me cabe duda de que Brad Pitt haría un mejor papel de investigador

—Yo no soy ni fui ese tipo de policía —traté de explicárselo al Director

—*Nonsense* —me dijo, luego regresó al español—; necesito que sea alguien de la empresa; y no es tan difícil como encontrar *a needle in a haystack* (se ríe, qué gracioso); tenemos ochocientos empleados, uno de ellos debe ser el autor de estos malditos mensajes (me enseña los papeles que le han dejado bajo la puerta); si quitamos a la gente que no sabe usar computadora, quizá solo queden unos ochenta; es un asunto sencillo y requiere de la mayor discreción; usted es la persona indicada

Intento negarme, pero la asertividad no es mi fuerte; intento discutir, pero es inútil; elaboro argumentos en mi cabeza, muy dignos, muy contundentes, pero irremediablemente se atoran en la lengua; me quedo callado; para alcanzar un "no" simple, espontáneo y hermoso, necesito escalar una gran montaña

3:00 a. m., desperté pensando en ti, nada de raro en ello

Como ves, soy muy convencional; realizo las mismas actividades a las mismas horas, incluso despertar; veo el reloj: 3:00 a. m.; ¿No pudo ser un minuto después? Claro que no; por unos momentos trato de volver a dormir; vuelta a la izquierda, vuelta a la derecha; cuento corderitos; de dos en dos, de seis en seis; comienzo en cero y formo un rebaño; empiezo con el rebaño y regreso a cero; mil doscientos sesenta y cuatro pinches corderos, corriendo, saltando cercos, conversando entre ellos; como ninguno me ayuda a dormir, enciendo la televisión; gente sonriente diciendo tonterías; cambio de canal; gente sonriente haciendo ejercicios aeróbicos; ¿Cómo es posible que la gente sonría antes de las cinco de la mañana? Apago el televisor; me baño, me visto, preparo desayuno; miro el reloj; faltan dos horas para salir a trabajar

Mi vida es una rutina excepto cuando estoy contigo, excepto cuando recibo tu llamada; a partir de ese momento funciono solo para ti

"¿Qué dirían en la fábrica si se sabe lo que usted hace en la noche, míster Diréctor?"

Acabo de llamar a la primera mujer con ese nombre (¿Sarah Connor?) que encontré en el directorio; no sé si contestó ella porque colgué inmediatamente; parezco un muchacho haciendo llamadas de

Con lo que odio que me cuelguen

Después de esto, dudo que Schwarzenegger quiera ser mi amigo (en realidad, eso no está mal)

El Director es homosexual; y eso no sería problema si no fuera porque se lo tiene bien guardado; ni siquiera su esposa lo sospecha; un divorcio lo haría perder mucho, quizás hasta el empleo; tal vez las altas jerarquías de esta empresa, que presumen de su *equal opportunity employment*, se cagarían al saber que uno de sus directivos es una loca desenfrenada; cualquiera que sea la razón, se le nota muy nervioso cuando habla del tema

"Lo he visto salir con ciertos amigos; me pregunto cuántos de ellos saben que usted es un distinguido empresario"

Hablo como profesional, digo lo que diría el teniente Columbo en la tele, imito el tono de su voz

—Antes de determinar el origen de esos horribles mensajes, lo primero que cualquier investigador debe preguntarse es la intención del perpetrador; no se menciona chantaje, no se pide dinero, solo se advierte en los recados que el secreto podría volverse un asunto público; ¿Ha tenido relaciones sexuales con alguien que labore o haya laborado en esta empresa?

—¿Y eso qué tiene que ver?

No respondo lo obvio, solo espero su respuesta

—Claro que no —y confiesa de más—; no me gustan los mexicanos, me parecen sucios y malolientes

Aparte de su esposa, no tiene una pareja estable; sus amantes han sido gringos, blancos, y jamás les ha hablado de su trabajo

—Si a alguien le interesa hacer un *background check* no sería difícil —le explico—; usted es una figura pública; se le ve en los periódicos inaugurando nuevas sucursales

Al gringo le molesta esta aclaración

—Le aseguro que soy discreto —agrega

Su discreción y su vida me tienen sin cuidado; no soy policía; dejé de serlo; el Director me parece grotesco, pero me siento más grotesco por estar interrogándolo; a mí qué me interesan sus amantes, su aversión por el olor de los mexicanos; solo quiero recibir una llamada tuya, solo quiero escuchar de tus labios la hora indicada para correr a tus brazos, para coger profusamente contigo

Pero uno tiene que vivir, ¿no es así? Y tú no me llamas, ni cumples mis deseos; no eres *Mi bella genio* que sale de una botella nomás frotándola; más bien yo soy el que vive en una botella, el que logra escapar cuando tú marcas el teléfono; mi pequeño mundo, desde mi casa hasta el trabajo, es la botella que me contiene; y tú no marcas el teléfono; y no puedo predecir que lo harás pronto; y a Magda no la encuentro en casa, ha salido con unos amigos

"¿No se fija que las paredes escuchan, los pisos ven y el techo murmura?"

3:00 a. m.

Buenos días, señora, no sé si usted me recuerde; disculpe esta manera burda de empezar una conversación; dígame: ¿usted tuvo un hijo hace cuarenta años y se lo dio a una mujer para que lo criara como suyo, algo así como el rey Arturo, que fue entregado a Merlín a cambio de un favor? Yo fantaseaba con ser de noble linaje y que algún día se revelaría ese secreto; o que era el producto del amor ilícito de un presidente y una estrella de cine, ambos asesinados en circunstancias misteriosas; ya ve, los niños y sus fábulas; pero dejemos eso a un lado; yo no le pido nada; de hecho, solo quería verla, me interesaba encontrarme con usted, reconocerme en algún gesto suyo, no sé, en la manera en que camina o mueve las manos

¿Bailamos?

Mi fantasía no se detiene en reyes y presidentes; cuando te conocí, lo primero que pensé fue que podrías ser mi hermana; ¿Qué te parece? Quizá la única ventaja de desconocer mis orígenes es que cualquier mujer podría ser mi hermana, mi prima, mi tía... y me parece delicioso; por eso a veces juego con la idea de ser el tío de Magda, aunque es bastante improbable

No debemos descartar la tesis que plantearía una telenovela: (1) nos enamoramos, (2) somos felices, (3) alguien nos dice que somos hermanos y, sin investigar más, (4) nos separamos envueltos en profundas penas; (5) sufrimos durante doscientos capítulos; en el último (6) nos enteramos de que todo fue una falacia perpetrada por la ponzoñosa mujer que siempre nos tuvo envidia; el rating sería descomunal al final de la telenovela, cuando tú y yo (7) nos damos un beso

Con Magda trato de ser *cool*, es lo que ella espera; no le gusta que le rueguen, ni que la presionen; trato de no insistir, de veras lo intento

—Ándale, Magda; necesito compañía, aunque sea solo para platicar; no tiene que ser más que eso; por favor; ándale

Ella se rehúsa

—Odio que me insistas; ¿No lo entiendes?

Usa el tono de una esposa enfadada de cocinar el mismo desayuno todos los días; no sé qué responder

No me considero un gran observador de la naturaleza humana; más bien, me da igual la bondad o la maldad; somos seres básicos: despertamos, comemos y buscamos coger para ser felices; al final de la jornada, la masturbación es el mejor somnífero; comienza el ciclo

¿Qué le dices a tu marido cuando estás encerrada en el baño?

La actitud del Gerente ha cambiado; resulta ser un afeminado que ya no se reprime delante de mí; soy un empleado "de confianza"; sabe que conozco el secreto del Director, me considera cómplice

Quiere que sea su confidente; me resisto; lo escucho por morbo; entra a mi oficina, sus dientes son orgullosos palacetes, rodeados de jardines; si supieras lo que yo sé, me dice con una mugrosa coquetería, como se lo diría a un miembro de su club privado

El Director ha notado que solo tengo una corbata; intento convencerlo de que guardo varias en mi ropero, pero que son todas iguales; al día siguiente me brinda como obsequio varias corbatas de brillantes colores; ninguna me gusta, no sé cómo decírselo

A veces saco mi celular del bolsillo y lo contemplo durante largos minutos; espero una llamada tuya; no logro anticiparla; el teléfono permanece en silencio

¿Investigación? ¿Cuál puta investigación? Creo que yo mismo me estoy creyendo esa mierda de Columbo; se me olvida que soy como John Goodman, Magda me lo ha dicho; un gran oso de peluche; pero como no soy actor, como no soy héroe, solo puedo ser un John Goodman mediocre, inútil; de peluche barato

Desde mi conversación con el Director, mi computadora tiene autorización plena para deambular por la red interna de la empresa; no reviso las otras computadoras, como él espera, me dirijo a la suya; ahí están sus correos electrónicos personales, uno a uno van sumando la historia

Buenas noches, señora, no sé si usted me recuerde; perdón, más bien no sé si usted sea la persona indicada; ¿de pura casualidad dio en adopción a un hijo hace cuarenta años? Sí, yo soy ese hijo y, pues, la mera verdad, no he podido resolver mi vida debido a ese pequeño detalle; a veces una persona hace algo tan insignificante como abandonar a un bebé, y eso repercute en la vida del susodicho muchos años después; ¿Es usted? Sí, ya he consultado a psicólogos y psiquiatras; gracias; ¿Cómo? Sí, también astrólogos y videntes; ¿Un café? Lástima, tengo la agenda muy ocupada

"Me enteré de que busca al autor de estos recaditos, ni siquiera se imagina; pobre, pobre gringuito"

Madre biológica, qué concepto tan ridículo

Después de hablar con tu marido, saliste del baño muy preocupada, como si hubieras descubierto que tengo una exótica enfermedad

—¿Desde cuándo haces eso?

—¿Qué?

—Eso, adivinar el futuro

—No adivino el futuro; anticipo las llamadas, y solo diez minutos antes

—¿Desde cuándo?

—Desde niño; a mi mamá la volvía loca

—¿Sabes leer las líneas de la mano?

—Claro que no, cómo crees

—¿Tampoco el tarot, los asientos del café?

—No

—Tal vez, si lo intentaras

—Lo intenté, lo sigo intentando

—¿Cómo?

—Los viernes compro boletos de lotería, busco adivinar el pensamiento de las cajeras guapas de los supermercados, hago predicciones acerca del color de los calzones de las secretarias

—¿Nada más?

—Solo puedo predecir las llamadas telefónicas y solo diez minutos antes

—Deberías mejorar tu brujería, sería provechoso

—Para qué; ¿Crees que existe un futuro más allá de los diez minutos?

Se puede determinar el estado mental de un hombre, basándose en la cantidad de veces que repasa los números telefónicos de sus antiguas amantes en su viejo directorio

Alguna vez compré una libreta roja, según yo para llenarla de nombres, teléfonos y domicilios; planeaba un sistema de calificación mediante estrellas; no más de una estrella para las mujeres cuyas intenciones no eran precisas en el momento de hacer el amor; la entrega era un factor fundamental; la capacidad de hacerme sentir como el rey sería lo más valorado, y yo respondería como un generoso sultán, repartiendo estrellas a diestra y siniestra

En varios años jamás pasé de llenar un par de hojas de esa libreta y llegué a repetir los datos de algunas personas, solo para que hicieran bulto

Finalmente le confieso a Magda mis broncas maternas; procuro no ser melodramático; me quejo de la vida como alguien lo haría de su viejo automóvil (aún así, mi discurso parece extraído de los mejores parlamentos de Libertad Lamarque)

A Magda no le gusta cualquier tipo de pastel de chocolate, los pide muy dulces, empalagosos, "decadentes"; ¿Cuánto tiempo tendrá ese cuerpo delgado, esa piel blanca, sin manchas?

—Los hombres son imperfectos —asegura

Me cuenta los problemas que ha tenido con sus "amigos inmaduros"; por eso no le gustan los hombres de su edad, por eso decidió salir conmigo

—Pensé que tú eras distinto —me dice con una mueca en los labios

A pesar de su discreción, como él la llama, el Director mantiene correspondencia con tres hombres; como cualquier administrador, es poco hábil con las palabras; repetitivo; descubrí un mensaje idéntico mandado a dos fulanos distintos; la facilidad del *copy/paste*; en ambos, el destinatario es el amor de su vida

Bailar contigo en un lugar público

Una vez me encontré frente a frente con un tipo que era idéntico a mí; estaba yo en la central de autobuses, rodeado de gente; volteamos uno hacia otro al mismo tiempo; era más viejo, su cabello canoso, pero los rasgos eran inconfundibles: la nariz, la forma de la cara, las cejas, las manos grandes y venosas; como observarse en un inesperado espejo; el momento fue incomprensible y la actitud de ambos fue idéntica: después de recuperarnos de la sorpresa, hicimos como que nada había pasado y seguimos nuestro camino, en distintas direcciones

Leo los correos electrónicos desde el más antiguo hasta el más reciente para reconstruir paso a paso la historia; el tono de la correspondencia con uno de sus amantes ha escalado mientras los otros dos se han quedado atrás, en el olvido; uno de ellos le envió un mensaje airado, quejándose del abandono; el tema de su esposa, de su matrimonio, es recurrente; el Director plantea vagamente la posibilidad de un divorcio

—Pon tú que todavía esté viva —dice Magda—, ¿qué te hace pensar que quiere conocerte? ¿Qué culpa tiene ella de tus problemas? ¿Crees que no tiene los suyos, propios, para tener que aguantar los de un desconocido que se queja de que ella lo dejó hace cuarenta años? ¿Piensas que no sabe lo que es el abandono? ¿Crees que es una mujer feliz? Lo dudo; nadie es feliz en este puerco mundo; si tú tienes problemas personales con este asunto, ¿qué necesidad hay de que los vuelques sobre esa señora?

Al paso de unas semanas es obvio para la gerencia que me tiene sin cuidado el asunto del Director; ya no oculto mi aburrimiento; en lugar de dormir en la madrugada, como mis saludables compañeros de trabajo, empiezo a dormitar en horas de oficina

El Gerente me ha visto cabeceando; incluso cuando no tengo sueño suelo cabecear, nada más por joder, cuando se acerca a contarme sus confidencias

El Director me manda llamar y lo ignoro; cuando entro a su oficina nunca traigo puestas las corbatas que me regaló, uso la misma corbata, la mía, arrugada, manchada de frijoles, color opaco, la mía; mis compañeros murmuran, hacen apuestas

Me han negado autorización para visitar otras computadoras en la red; de cualquier manera, ya había dejado de hacerlo

—*Do you like your job?* —Los dientes del Gerente no están contentos

—¿Qué me trata de decir?

—Eso, que si le gusta su trabajo

Quiero contestar que no, que no, que no, lo más que puedo decir es "Creo que sí"

—*You think you do?* Tiene que ser más positivo, si le interesa seguir en esta empresa

No; solo es una sílaba; dos letras; no

No tengo ganas de hacer labores absurdas para gringos absurdos; no quiero decir *good morning* todas las mañanas como si de veras creyera que las *mornings* son *good* cuando no estás conmigo; no, no; debería ser más fácil

Estoy muy agradecido: gracias por el miserable salario, ya sé que en Estados Unidos ganaría tres veces más por hacer lo mismo; gracias por los bonos de despensa; gracias por las dichosas prestaciones, arriba de las que marca la ley; gracias por concederme la gracia de este empleo maravilloso; gracias a la vida, que me ha dado tanto

Fuck off sería una frase magnífica si existiera en español

Mi despido es inminente, acusado de alta traición

—Hoguera, cadalso o silla eléctrica, usted escoja —me dice el verdugo

—¿No hay una opción con un *happy ending*? —pregunto un poco avergonzado

Prometo que en lo sucesivo me comportaré como un auténtico valiente; y para comenzar arrojo mi corbata en el cesto de la basura

Cuando dije que me volví delincuente en realidad quería decir que me volví policía, etcétera, etcétera; menos trágico, diría Eurípides

¿Quién escribió esos mensajes? Pudo haber sido el mismo gringo, para hacerse el interesante, para convertirse en un personaje acosado, digno personaje de la peor película

Qué importa; no me importa

Quizás yo los escribí sin darme cuenta o los redactó uno de esos ochenta empleados que saben usar computadoras o el Gerente, que al principio confesó que sería incapaz de hacerlo, para divertirse, para pasar el rato

Antes de irme, no puedo vencer la tentación de agregar un mensaje al repertorio del Director; doblo la hoja y la introduzco bajo su puerta; es mi despedida

"Mi pobre gringuito desamparado, veo que no has aprendido la lección; no te preocupes, yo tampoco"

Nuevamente con mi mamá en la larga fila para cruzar la frontera, escuchando canciones que hablan de asesinatos, amor y robos a mano armada

Escuchamos a los Cadetes de Linares, una canción de tres hermanos que murieron a traición porque "viejos rencores surgieron"; la música sirve para mitigar la hora y media de fila

Debería haber instrucciones para volver todo esto menos incómodo

Mi mamá rompe el silencio

—¿Por qué te gusta esa música?

Dialogar con mi mamá se ha vuelto una tarea incómoda; no recuerdo cuándo fue la última vez que tuve una conversación con ella, una charla que abundara en algo más que monosílabos; ahora es mi oportunidad

—Me gusta porque es la música de mi infancia; la que usted ponía en la casa; con ella usted cantaba, con ella usted bailaba, con ella me dejaba cuando salía a trabajar; junto a la televisión, esa música era mi única compañera; cierto que la dejé de escuchar; ya sabe cómo es uno de rebelde en la juventud; me arropé en las cobijas húmedas del rocanrol; dejé que creciera mi cabello; usé pantalones de mezclilla; dejé que me sedujeran distintas fragancias y hierbas; decidí olvidar que esa música era parte de mi historia, de mi infancia; la descarté, como quise descartarla a usted; desacredité esa música, la traté como a una mujer con quien se han compartido demasiadas tormentas; quise alejarme de ella; quise pensar que no era mía

pero

resulta

que en cada canción, cada corrido, cada melodía con acordeón y bajo sexto, hay un pasado esencial, una parte inevitable de mi vida

—Nuestra vida —corrige mi mamá

Luego regresamos al silencio

La música fluye a través de la extensa fila; imposible detenerla, cruza la frontera primero que nosotros, su caudal es ingobernable

Largas caminatas por la ciudad, viviendo de mis ahorros, he decidido no tener prisa; todavía despierto a las tres de la mañana, es lo de menos; estoy ensayando mi sonrisa frente al espejo, lleva tiempo perfeccionarla

A veces repaso los anuncios clasificados del periódico, como quien busca trabajo; grandes recuadros, grandes empleos, grandes oportunidades, grandes empresas

Junto a los avisos clasificados se encuentra *El rincón sentimental*; hombres buscan a mujeres; mujeres buscan a hombres; todos ellos quieren ser felices, todos ellos buscando, siempre buscando; hombre guapo; madre soltera; vigoroso; devota; bailador; apasionada; hombre de negocios; profesionista

Encuentro este anuncio: "Mujer católica, 62 años, busca a hombre maduro con buenos sentimientos"

Me pregunto si mi madre biológica se siente sola en estos momentos, si busca a un hombre con buenos sentimientos, quizá más joven, que le traiga recuerdos del pasado, de aquella época cuando tenía veintidós años y la vida giraba en otra dirección; un hombre más joven, más amoroso; la respuesta está al alcance de un teléfono; recorto y guardo el anuncio en la misma libreta roja

Pienso en un tatuaje de mariposa

Parques, calles, camiones, un mundo de gente desconocida, tumultos que van y vienen, sonrientes y serios, platican, disfrutan, se entristecen

En el viejo Volkswagen, por la avenida Internacional, sigo hacia el oeste la periferia que marca la línea divisoria entre dos países; las fronteras deberían detenerse frente al mar, quitarse el sombrero, respetar los confines que marca la naturaleza; sin embargo, esta línea no permanece ahí, se atreve a rebasar las olas y entrar al océano con esa pedantería propia de las fronteras

Me estaciono junto al paseo costero, busco una banca desocupada; ahora mismo tengo a la mano mi vieja libreta roja y me dispongo a escribir, para llenar las páginas blancas, algunas de estas cosas que te he estado contando:

"3:00 a.m., desperté pensando en ti, nada de raro en ello"

No me preguntes cómo, pero me interrumpe la repentina seguridad de que recibiré una llamada telefónica

Saco el celular de mi bolsillo, listo para contestar; a lo lejos, varios niños corren entusiasmados detrás de un balón; uno, dos, tres minutos; un poco más allá una mujer solitaria está sentada en otra banca; igual que yo, escribiendo algo en una libreta; cuatro, cinco, seis minutos; la mujer voltea hacia mi rumbo, pone su mano como visera para evitar los rayos del sol; me está mirando fijamente; siete, ocho, nueve minutos

¿Te he dicho que eres mi mayor anhelo?

Treinta segundos, veinte

La mujer se levanta y camina hacia mí

Suena el teléfono

AMBIENTE DE FIESTA EN LA PLAYA

- La playa se ubica donde se unen dos países y el océano más grande del mundo. Un muro de metal, divisorio, acaba o comienza su peregrinación cien metros mar adentro. A partir de ahí, el muro se extiende hacia el oriente donde termina por convertirse en un gran río: comunión del hombre con la naturaleza. Muro y río tajan al continente en dos partes.
- Por el lado mexicano, junto a la playa, un faro anuncia a las embarcaciones que la patria comienza o termina en ese lugar, en esa esquina. Una alambrada rodea al faro como advertencia de que es propiedad del gobierno federal, prohibida la entrada a curiosos. Dentro de los perímetros de la alambrada hay un tendedero donde se cuelga la ropa húmeda del farero y su familia.

- Junto al faro, unos pasos hacia el norte, se erige un obelisco blanco, conocido popularmente como "la mojonera". Con exagerada seriedad, ostenta un letrero que nos dicta: "Punto inicial de límite entre México y los Estados Unidos, fijado por la Comisión Unida. 10 de octubre A.D. 1849, según el tratado concluido en la Ciudad de Guadalupe Hidalgo, el 2 de febrero A.D. 1848".
- Enfrente del obelisco, al cruzar la calle, se yergue una plaza de toros fantasmal, desocupada, que los ciudadanos insisten en presumir como "la única en el mundo junto al mar".
- Contraesquina de la plaza, algún presidente municipal con humor involuntario mandó construir otro monumento, más simbólico: unos escusados públicos.
- Así es la esquina noroeste de Latinoamérica:

(1) un muro de metal
(2) un faro
(3) un obelisco
(4) una plaza de toros
(5) unos escusados.

- En ese punto de confluencia lo que más llama la atención es la insistente manera en que el sol decide clavarse en la lejanía del horizonte, rodeado de colores anaranjados. Amarga y menospreciada, más que un símbolo, la mojonera es un recordatorio. Al acercarse a ella, el poderoso muro se convierte en un simple cerco. Un cerco por donde uno puede meter los dedos y sentir que ellos, al menos, tienen la posibilidad de traspasar los confines que marca la línea fronteriza. Como el cerco flanquea a la mojonera por ambos lados, existen pequeños intersticios a su alrededor por donde alguien podría pasar un objeto plano si quisiera. Un libro, por ejemplo.

El cerco permite avistar el país vecino. Del otro lado existe un parque que se creó para conmemorar la fraternidad entre las dos naciones. Por lo común el parque se encuentra solo ya que los vigilantes, que están ahí para impedir el acceso, no parecen muy amigables. Más bien se les nota aburridos.

* * *

- Hace poco tiempo se celebró una boda. El novio norteamericano se encontraba del lado estadounidense, junto al religioso que ofició la ceremonia. La novia mexicana permaneció con los padrinos del lado mexicano. Ese día hubo mucha gente en el parque. Los invitados arrojaron arroz de un lado a otro de la frontera. Aunque era un acto simbólico, algunas personas se preocuparon de que un momento tan trascendente en la vida de una pareja estuviera señalado desde un principio por la marginación de dos países: "De por sí los matrimonios construyen sus propias divisiones", dijeron. Por razones obvias, al finalizar la boda, los nuevos esposos no pudieron besarse.

- En una ocasión amaneció muerta una ballena, en la playa, junto al muro metálico. La ballena decidió morir en México. Pudo haberlo hecho en Estados Unidos, pero del lado mexicano había niños que jugaban sobre la arena, familias que se bañaban, ambiente de fiesta; mientras que del otro lado solo había soledad, gaviotas y un letrero que advertía que el mar en ese punto estaba contaminado, por lo que nadie debería meterse ahí.
- En otra ocasión amaneció un hombre muerto en la playa, junto al muro metálico. No era su intención morir, pero lo alcanzaron unos remolinos submarinos cuando intentaba cruzar hacia la tierra de las oportunidades. El hombre no tenía documentos, ni cargaba una cartera que lo identificara o guardara las fotografías de su familia. No obstante, nadie sospechó que fuera un desobediente bañista norteamericano; lo delataba el color de su piel.

* * *

Cuatro delegados del Ejército Zapatista de Liberación Nacional se pararon frente a la mojonera para recibir el apoyo verbal y económico de simpatizantes de ambos lados de la frontera.

Había reporteros tomando fotografías.

Uno de los simpatizantes mexicanos escaló el muro, se montó en la parte de arriba y ondeó una bandera roja con las siglas EZLN. Los vigilantes, cerca del parque, se mantuvieron a distancia. Sus comandantes ya les habían informado sobre la realización de ese evento; de cualquier manera, se les veía nerviosos: fumaban, se mordían las uñas, se quitaban y se ponían sus lentes oscuros. Los simpatizantes echaron vivas a los zapatistas, entonaron canciones y se abrazaron unos a otros. Viejos amigos se tocaron los dedos a través del cerco.

Después, alguien condujo a los delegados hacia la playa. Los reporteros tomaron fotos.

Era muy extraño ver a zapatistas en ese lugar: sus pasamontañas, sus paliacates rojos. Sus pies descalzos sobre la arena.

Se pararon, sin saberlo, en el mismo lugar donde

(1) había sido la boda,
(2) había muerto la ballena,
(3) se había ahogado un hombre.

Alrededor había niños que jugaban, familias que se bañaban, ambiente de fiesta en la playa.

MISA FRONTERIZA

Evangelio para leer y cantar con sombrero y tequila en todos los rincones del planeta

Para Lolita Bosch
y el fáder Martín

Javier Serna interpreta a Jesús durante la Eucaristía en la puesta en escena de *Misa Fronteriza*, dirigida por Alberto Ontiveros. Fotografía de Anais Monfort.

I. CONFITEOR

[*El o la oficiante se para frente a un atril, coloca el texto y empieza su lectura.*]

Bienvenidos todos a esta misa fronteriza.

[*Haciendo la señal de la cruz, bendiciendo al público.*]

En el
norte
Estados Unidos,
en el sur México; en medio,
de este
a oeste,
una
franja.

Yo confieso, ante la Frontera todopoderosa y ante ustedes, hermanos, que he pecado mucho de pensamiento, palabra, obra y omisión, y que seguiré haciéndolo por los siglos de los siglos. Por tu culpa, por tu culpa, por tu grande culpa, Frontera entre México y Estados Unidos. Por eso ruego a todos los santos, y a los que se dicen santos, que intercedan por mí y que tengan misericordia de estas palabras.

Hermanos: mi nombre es Luisumberto y soy fronterizo.

Me declaro así, abiertamente, sin pena ni gloria.

Confieso ante ustedes que mi religión es la Frontera. Monotemático, me dicen. Aburro y divierto a quienes me escuchan. Proclamo en las esquinas de las calles más transitadas, en las cantinas, en las plazas, en las ferias de libro, la Buena Nueva de este muro que me atraviesa el cuerpo como atraviesa al continente. Estoy biseccionado entre dos países y dos culturas, me declaro triunfador y derrotado en la guerra de los norteños contra los mariachis.

II. EVANGÉLIUM

Lectura del Evangelio según Luisumberto.

Donde se habla de la música como pista sonora de la vida. Amén.

En el principio fue José Alfredo Jiménez.

Y José Alfredo estaba junto a Dios, y José Alfredo era Dios.

[*Se canta lo que está entre comillas.*]

"Si nos dejan, nos vamos a querer toda la vida; si nos dejan, nos vamos a vivir a un mundo nuevo…". Las canciones del señor Jiménez, himnos nacionales cada una de ellas, canto al corazón destrozado, música para levantar tequila y brindar por ella. "Si te cuentan que me vieron muy borracho, orgullosamente diles que es por ti". El mariachi suena como trompetas en los jardines de Jericó. En una rocola cualquiera, presiona la combinación para escoger la melodía que le dé paz al desdichado y esperanza al dolido. "Porque yo tendré el valor de no negarlo". Música y voz se conjugan en el sentimiento de un pueblo, prédica en la voz de sus apóstoles, llámense Chavela Vargas, Lola Beltrán, Lucha Villa... José Alfredo encontró la manera de abrirle el pecho a los machos más machos para encontrar en ellos las fibras más lloronas y sensibles del corazón. El más rudo de los rudos se hinca ante la belleza de la persona que lo ha tratado mal y ruega por un beso, un besito tan siquiera. "Me cansé de rogarle, me cansé de decirle". El mexicano se cansó de rogar y rogar pero nunca dejó de hacerlo. Abandonado, olvidado en el rincón de una cantina, el macho de los machos, icono de la mexicanidad puede llorar porque el maestro Jiménez le da permiso.

En otro tiempo, qué esperanza que un charro chillara por una persona que le ha pagado mal. El charro se reponía de sus penas como si se hubiera caído de un caballo, simplemente sacudiéndose los pantalones y con un trago de tequila se buscaba a la que sigue (a la persona que sigue).

En cambio, en cambio, en cambio José Alfredo nos brindó la oportunidad de sentir ese dolor. Él es el terapeuta de México. Nos dijo que chillar liberaba, que hacer una rabieta de vez en cuando o sufrir así nomás porque sí no era nada de qué apenarse. Incluso el charro más charro de todos, el más macho de todos, podía soltar el llanto como se suelta la rienda de un caballo blanco.

"Nada me han enseñado los años, siempre caigo en los mismos errores"; así es, lo confieso abiertamente.

La debilidad del macho está a flor de piel y el corazón del mexicano se transformó cuando se acabó la fuerza de su mano izquierda.

Para ello, para promulgar este sufrimiento, José Alfredo requería una banda de charros, igual de llorones que él, con sombrero enorme y trajecito ajustado, violines, trompetas, guitarras, guitarrones y vihuelas, los instrumentos del sentimiento mexicano.

Con esa voz y con ese sentimiento, el mariachi reinó como amo y señor de las tierras mexicanas… "Guitarras de medianoche que vibran bajo la luna".

Hasta que llegaron los *cowboys*.

III. HOMILÍA

Hermanas, hermanos:

Mi nombre es Luisumberto y mi religión es la Frontera. No se dejen engañar: soy más alto de lo que parezco, menos bruto, más miope, mejor novio, peor amante, enaltecido padre de familia, ridículo comediante de palabras.

Estoy ante ustedes, tal como soy, biseccionado, dividido entre el aquí y el allá. ¿Les dije que estoy biseccionado? ¿Quieren que les muestre mi bisección? Atraviesa mi alma de un extremo a otro. Es la Frontera, bróder, la traigo tatuada en el brazo; la Frontera, beibi, la llevo atravesada en el pescuezo; la Frontera, míster, se me ha metido al corazón y ahí está clavada. Y ahí es donde la quiero.

Mi nombre es Luisumberto y cargo la Frontera en mis bolsillos, hecha pedazos para que no haga bulto y me dejen cruzar con ella en las aduanas del mundo. Mírenme. Cierren los ojos y mírenme. Imaginen el planeta, el hemisferio norte, el continente americano: ahí donde se acaba la riqueza y empieza la podredumbre: ahí mero, miren ustedes, acérquense, ¿la ven?: esa es la Frontera, mi Fronterita preciosa: pequeña, sonriente, llorona, llorona, llorona de un campo lirio.

Y si ustedes pueden imaginar un mapa de México, pónganme en la esquina superior izquierda, por favor, en el hombro, ahí empieza y termina esa patria mía, ahí empieza y termina un límite territorial, donde mi México es gringo y donde el gringo es un poco mexicano.

Como dijo el poeta: "No es agua ni arena la orilla del mar".

Desde muy chiquito, cómo explicarles, me dijeron que la Frontera sirve para dividir familias. Mis tías vivían en los Unáired Steits, mientras mi mamá y yo vivíamos en México. Cada domingo visitábamos a las tías, cada domingo comenzaba el peregrinaje y la enorme fila para cruzar al norte y el pasaporte y el sabor de los dulces que tanto me gustaban.

Pero en realidad ese muro no dividía; al contrario, cruzando la Frontera, mis tías seguían hablando español y seguían escuchando música mexicana y seguían festejando con ese gusto y esa pasión por la fiesta que solo he conocido en ellas.

¿Yo qué sabía entonces que aparte del país del norte y aparte del país del sur existía esa tierra de nadie y de todos que se llama Frontera?

Cuando era niño ni siquiera escuchábamos decir Frontera, le decíamos La Línea, y era claro que La Línea estaba ahí para cruzarse.

En aquella época La Línea era principalmente un río enorme y bravo; pero cerca de donde yo vivía era tela de alambre, como de gallinero. A los que cruzaban a través del alambre les llamaban "pollos". A los que cruzaban por el río les decían "mojados". Y a los que los ayudaban a cruzar, los que les enseñaban la ruta a cambio de unos cuantos dólares, a esos les decían "polleros" o "coyotes".

Hoy en día el gran río continúa separando a los dos países; sin embargo, donde antes era tela de alambre ahora hay un muro imponente; y si logras cruzar ese muro, hay otro, más grande; y si logras cruzar ese, más vale que te eches a correr porque los guardianes te están buscando con sus helicópteros y sus camionetas y sus radares y sus macanas y sus pistolotas.

¡Échense a correr que ahí viene la Migra!

Y todos y todas nos echamos a correr, unos pallá, otros pacá, porque ahí vienen los agentes de la Migra y están de mal humor.

IV. ORACIÓN DE LOS FIELES

[*Petición al público*]. ¿Me acompañan por favor con esta letanía?: "Pero seguimos cruzando".

Hagamos una prueba, a ver, todos: "Pero seguimos cruzando". [*Se puede repetir la prueba tantas veces como sea necesario hasta que el público lo diga con enjundia. En lo sucesivo, con un movimiento de la mano indicará al público cuándo debe repetirlo.*]

Oremos:
Nos quitaron mucha tierra,
luego nos echaron de esa tierra.
Quisimos regresar
y todavía lo estamos haciendo.
Nos golpean, nos dicen
puercos mexicanos,
no hablen ese español mugroso.
Pero seguimos cruzando.

Nos dicen frijoleros grasosos,
nada tienen que hacer
en la tierra de la libertad.
De land of de fri.

Pero seguimos cruzando.

Construyeron un muro de concreto
y dijeron con esto ya no van a cruzar
los desgraciados.

Pero seguimos cruzando.

Levantaron detrás de ese muro
otra gran muralla y dijeron ahora sí,
ahora sí los vamos a detener.

Pero seguimos cruzando.

Intensificaron el patrullaje,
reclutaron a más hombres,
sobrevolaron helicópteros
para que fuera más difícil
acercarnos a las ciudades
y a los campos agrícolas
que nos dan trabajo.

Nos detuvieron un poco, es cierto.
Pero decidimos entonces cruzar
por el desierto, por las montañas,
por donde ellos decían que la naturaleza
nos impediría el paso.
[*Con acento gringo.*] "Nadie cruza por ahí, nadie se atreve",
decían ellos.

Pero seguimos cruzando.

Y por ahí empezamos a morir.
Miles de latinoamericanos
(hombres, mujeres y niños)
han muerto intentando cruzar la frontera
entre México y Estados Unidos
a través del gran desierto.
El frío, el calor insoportable,
el desierto, el río, las montañas
nos están tragando.
Pero seguimos cruzando.

V. LITURGIA DE LAS PALABRAS

PRIMERA LECTURA

[*Petición al público.*] Ahora les voy a pedir que por favor repitan conmigo: "Bendita sea por siempre nuestra música". [*En lo sucesivo, con una señal de la mano indicará al público cuándo debe repetirse*].

En el principio fue José Alfredo Jiménez...

Pero José Alfredo nunca se imaginó que en el norte de México; o sea, en el sur de Estados Unidos, se fraguaba una nueva cultura, y que de esa cultura brotaría un sonido nuevo.

Bendita sea por siempre nuestra música.

El acordeón nos llegó de Texas y el bajo sexto nos llegó del Bajío. Ya existían desde hace mucho, pero fue ahí, en la frontera, donde se conocieron, se enamoraron y se pusieron a cantar.

Bendita sea por siempre nuestra música.

Acordeón y bajo sexto es el mínimo requerido para hacer una banda de música norteña. Y luego la voz de preferencia gangosa, sin entrenamiento, una voz que desate sentimiento y sepa contarnos hazañas de ídolos, de hombres y mujeres valientes, redentores.

Bendita sea por siempre nuestra música.

La ropa es importante para un músico norteño. Podrías ser un virtuoso del acordeón; pero si no llevas el traje adecuado, nada tiene sentido: sombrero tipo Stetson, pantalones de mezclilla, camisas texanas, chalequito de piel y grandes hebillas de cinturón con imágenes de caballos y hojas de mariguana. Sin olvidar las botas puntiagudas como para matar cucarachas en las esquinas. O sea, un auténtico *cowboy*.

Bendita sea por siempre nuestra música.

Y luego el nombre, no olviden que el nombre también es importante. El dueto o la banda de *cowboys* deben tener el nombre preciso para triunfar. Puedes cargar orgullosamente tu lugar de origen (los Tucanes de Tijuana, los Cadetes de Linares, los Invasores de Nuevo León) o puedes usar cualquier nombre y simplemente agregarle la palabra “norte” (los Tigres del Norte, los Bravos del Norte, los Relámpagos del Norte) o bien, a falta de imaginación, puedes usar tu nombre de pila (Carlos y José, Luis y Julián, Miguel y Miguel).

Bendita sea por siempre nuestra música.

[1]Se tocan los instrumentos una vez tras otra, la misma tonada, los dedos sobre botones o cuerdas, una y

---

[1] Los siguientes párrafos forman parte de la novela *Idos de la mente: la increíble y (a veces) triste historia de Ramón y Cornelio* (Debolsillo, 2024).

otra vez hasta el cansancio, hasta la aburrición, hasta que se empieza a creer que nada de eso tiene sentido y se dejaría la música por completo si no fuera porque los parroquianos piden más y más, y muchas veces están borrachos e insisten con la misma, la misma canción. Esa que me habla de Amalia, mi viejo amor traspapelado.

Esa otra que trae memorias de Chayito, la que se fue sin dejarme su retrato.

O una canción genérica, dedicada a todas ellas, a cualquiera. O una que se refiera a mí, que soy todos ellos, que soy cualquiera.

¿Cómo se llama la canción? No importa.

Es la misma.

Una vez tras otra, la misma.

Esa que me trae recuerdos de la Yoya, mi mamá. Esa otra que me reúne con mi familia, que está lejos, añorando mi regreso.

Algo bailable, por favor, que envuelva de felicidad estas ganas de comer, para que se me olvide el hambre, aunque sea unos momentos.

En manos de un músico fronterizo esa canción llenará por unos instantes el agujero que va creciendo en el corazón de los hombres y mujeres que están lejos de sus tierras. Y no habrá oscuridad. Y no habrá soledad. Y no habrá silencio.

VI. LITURGIA DE LAS PALABRAS

SEGUNDA LECTURA[2]

Luisumberto acaba de comprar un sombrero, su primer sombrero. Y es un sombrero perfecto, superlativo. En la tienda primero se midió otros, no quería darle importancia. Unos le quedaban muy grandes y otros muy chicos. No quería que ese sombrero perfecto sintiera que era el único en el mundo, no lo quería hacer presumido y vanidoso antes de tiempo.

Es como cuando te gusta una persona y no se lo quieres demostrar muy pronto para que el asunto no sea tan sencillo; se sabe que el placer es mutuo pero es mucho más rico el rodeo que la línea recta.

Y Luisumberto rodeó los otros sombreros, coqueteó con ellos, como si quisiera invitarlos a bailar, uno por uno hasta que no quedó otro más que ese sombrero espléndido. Claro que si fuera una persona,

---

[2] Paráfrasis de "El primer sombrero", tomado de la novela anteriormente mencionada.

seguramente se hubiera enfadado con la espera y se hubiera negado a bailar.

Pero como era un sombrero, estaba dispuestísimo. Y más que colocárselo en la cabeza, para Luisumberto fue un acto de coronación.

Se lo puso y modeló frente al espejo.

Sombrero ligeramente de lado.

Sombrero inclinado hacia enfrente, tapándole los ojos, dándole aires misteriosos.

Sombrero hacia atrás, dejando a la vista un mechón de cabello.

Sombrero sobre su pecho, sostenido por sus dos manos en señal de respeto.

Sombrero levantándose como para saludar.

Luisumberto corriendo con sombrero.

Luisumberto esquivando un golpe sin perder sombrero.

Haciendo una caravana al público con sombrero en la mano.

No es fácil de explicar la relación de un hombre con su sombrero. Es un objeto que siempre va a estar ahí, muy cerca del cerebro. Lo pone sobre una mesa y se sienta. Observa cómo lo acaricia la luz y cómo proyecta una sombra elegante.

Lo cuelga en la esquina del respaldo de una silla: posición del sombrero durante un juego de póker.

Sombrero abajo, brazo recto, mano izquierda sosteniéndolo: posición del sombrero en la iglesia, durante misa.

Sombrero sobre el corazón: posición del sombrero durante una declaración amorosa.

Sombrero en la mano, de un lado a otro, abanicándose: función del sombrero durante un día caluroso.

Sombrero se lanza con la mano derecha para que vuele y caiga perfectamente en un gancho del perchero.

Siguiente compra: un perchero para poner mi sombrero adorado.

VII. CREDO

Creo en una sola Frontera, tierra de nadie, espacio, área, río, muro: límite norte de Mexico, límite sur de los Estados Unidos, orilla del mar que no es del todo agua y no es del todo arena, donde la esperanza y la desesperanza son hermanas y se toman de la mano.

Frontera: división, muro latente, línea divisoria, culo y corazón de Latinoamérica.

Ahí, ahí la vida arde, duele, pero también se goza. La música de la frontera es para todos y todos bailan y todos se dejan llevar por esa tierra de incertidumbre, a veces desierto, a veces río, a veces ciudad, a veces pueblo, a veces rancho. Tres mil ciento sesenta y nueve kilómetros de franja y de ilusiones rotas. La central de autobuses más grande del mundo. Lugar para no quedarse, transitoria, parada de ferrocarril

donde la gente espera,

donde la gente espera,

donde la gente espera.

Motel para un par de horas es la frontera, guarida de la dicha y la desdicha, albergue temporal para el caminante, para el que huye, para el que busca. Puerta de entrada y salida.

Muro que no cae, muro que crece.

Respóndame a esta pregunta, señor, señora: cuando haya cruzado ese muro infame, ¿es segura su felicidad?

Los nuevos conquistadores desean encontrar los huertos donde el dólar crece en los árboles, donde igual se pizcan legumbres que billetes verdes. Tan solo cruzar esa frontera, tan solo franquear ese límite; lo demás, lo de menos.

Dicen que allá, en los Unáired Steits of América, la vida es mucho más sencilla, la vida es cristalina.

Dicen que allá, los patrones gringos nada más nos esperan para darnos trabajo y un poco que comer.

Dicen que allá matan a las personas por tener la piel más oscura.

Dicen que allá hay cazadores, rancheros pistoleros que resguardan la frontera como si fuéramos coyotes detrás de su ganado.

Dicen que allá nos achacan los males del mundo.

Dicen que allá, compadre, es mejor que México, y aunque yo deje mi tierra, y aunque deje a mi familia por un puñado de monedas, todo será por su bienestar, todo será por darles algo de comer, todo será por ellos.

Amén.

VIII. EUCARISTÍA

Esta es palabra del señor:

Estaba un grupo de trabajadores, contemplando ese muro que es la Frontera, preparándose para cruzarlo, esperando el mejor momento de la oscuridad. De repente, uno entre ellos, llamado Jesús, ese que había decidido mostrarles el camino porque ya había cruzado varias veces, extrajo de su morral un poco de comida para compartir entre sus acompañantes.

Porque él mismo, llegada la hora en que había de cruzar la frontera, habiendo dirigido a los suyos hasta ese lugar donde se decía que no había tanta vigilancia, extrajo los últimos alimentos que le restaban.

[*Coge una tortilla tostada, la alza con sus dos manos, por encima de su cabeza.*]

Y mientras cenaba, tomó la tortilla, la partió y se la dio a sus compañeros, diciendo:

"Tomad y comed todos de ella porque esto es lo último que nos queda y el camino está muy largo". [*Parte la tostada en dos, pausa, la hace pedazos, dejando caer al suelo las migajas. Luego coge una botella de tequila.*]

Del mismo modo, acabada la cena, sacó una botella de tequila de su morral, y dando gracias de nuevo, la pasó a sus compañeros diciendo:

"Tomad y bebed de este tequila, producto del agave y de mucho trabajo bajo el sol, producto de campesinos explotados para que unos cuantos se diviertan". Salud.

[*Se echa un trago largo de tequila, directo de la botella.*]

Así pues, con mucha seriedad, empezaron ellos y ellas el recorrido. Saltaron ese muro cabrón, uno a uno. Y cuando el hombre llamado Jesús les decía "corran", ellos corrían. Y cuando el señor Jesús decía: "escóndanse entre los matorrales", ellos se escondían.

Esta es… palabra del señor.

Sin embargo la tecnología y las camionetas nuevas de la Migra y los helicópteros que sobrevolaban pronto dieron con ellos. Y Jesús exclamó: "Córranle, cabrones, sálvese el que pueda". Y muchos de ellos lograron ponerse a salvo, llegaron a los campos, a los huertos, a los restaurantes, a trabajar por unos cuantos dólares.

Pero otros, entre ellos Jesús, fueron capturados por los agentes de inmigración.

[*En un español mal pronunciado, tipo gringo.*] "¿Quién de ustedes es el líder?", preguntó el migra más grandote. Pero nadie contestaba. "¿Quién de ustedes es el que los trajo aquí?"

Y nadie contestaba.

Entonces los agentes comenzaron con la golpiza, así, así, cada golpe era un incendio en el cuerpo, puñetazos, patadas, macanazos. Hasta que Jesús, no queriendo que los demás sufrieran por su culpa, le dijo al migra: "Yo soy ese que buscan".

Entonces los golpes fueron para él, los azotes y el dolor de todos los mexicanos: uno, dos, tres, cuatro, cinco, seis, siete... los tres agentes se turnaron entre ellos. Gotas de sudor y rabia recorrían sus rostros blancos. Y le dijeron todo tipo de vituperios en inglés. Y lo patearon hasta el cansancio, porque se decían entre ellos: "¿Cómo vamos a dejar que un mexicano, un simple lírol mécsican se burle de nosotros?"

Y no dejaron de golpearlo hasta que llegó el silencio. Hasta que Jesús no respiró más.

[*Se extienden los brazos en cruz.*]

Recibe
en tus manos
este sacrificio,
para alabanza y gloria de su nombre,
para nuestro bien
y el de toda la
Santa Frontera.
Amén.

Sus compañeros y compañeras creyeron que sufrirían el mismo destino, pero la sed de los agentes de migración estaba colmada. Los subieron a una camioneta, de esas que llaman perreras, y los retacharon para México.

Cuando llegaron a la ciudad fronteriza, la historia pronto corrió entre las cantinas. Uno que se llamaba Pedro lo negó tres veces, dijo "yo no conozco a ese

Chuy, no lo conozco, no lo conozco". Aunque era su compadre.

Pero otro que se llamaba Pablo, que ni siquiera estuvo ahí, ni siquiera lo conoció, fue quien lo hizo famoso. Escribió un corrido que después grabaron los Tigres del Norte para gloria de los inmigrantes indocumentados. Para gloria de todos ellos. Amén.

IX. PATER NOSTER

Digamos con fe y esperanza:
[*Antebrazos alzados, palmas hacia arriba.*]

Frontera Nuestra que estás en la Tierra,
dividiendo al mundo,
inventada por las culturas ricas
para mantener afuera a las pobres.
 Maldita sea tu presencia segregadora,
pero bendita sea tu presencia
porque nos has dado vida a nosotros,
los fronterizos.

No nos impidas cruzarte
porque cruzarte es nuestro destino
y nuestra necesidad:
más allá de tus confines
se encuentra el pan de cada día.

Perdona a los que nos ofenden,
impidiéndonos el paso,
ya que nosotros
no podemos perdonarlos.
No nos dejes caer en tentación,
y líbranos del mal.

Líbranos de toda la violencia contra inocentes; líbranos del narcotráfico y la inseguridad de los que vienen a vender drogas para el feliz consumo de los estadounidenses. Toda la droga que se consume en Estados Unidos pasa por mi país, dejando un rastro de sangre.

Por eso digo: está bien que la usen, pero ¿no podrían producirla ustedes mismos?

Mueren policías en la Frontera; mueren periodistas en la Frontera; mueren hombres y mujeres, niños y niñas, cadáveres se acumulan en el río, en el desierto, en las grandes ciudades fronterizas desde Tijuana hasta Matamoros, desde San Ysidro hasta Brownsville. La violencia se ha metido a todos los rincones de nuestras vidas y nuestros sueños.

Señores estadounidenses, señor presidente de los Estados Unidos:

Ustedes quieren regresarme a mi país y yo quiero que me regresen mi país.

Y no estoy hablando de lo que nos quitaron en 1847, esa ya es historia.

Quiero de vuelta al México de nuestros abuelos, ese país hermoso, donde se podía vivir sin temor a ser levantado, desaparecido, sin temor a ser una estadística más.

¿Qué no ven el daño que nos hacen?

Que la paz regrese a nuestra frontera. Que la paz regrese a las fronteras.

La paz que buscamos, la paz que anhelamos.

Por nuestros muertos, por nuestros desaparecidos y desaparecidas.

Por los 43.

Por las valientes familias buscadoras.

La paz sea siempre con ustedes. Y con su espíritu.

Dense fraternalmente la paz.

[*El o la oficiante observa el público para ver si se dan la mano. Si es necesario, los apremia. Da el ejemplo alejándose del atril y saludando de mano a algunas personas. Luego regresa al atril y continúa con la lectura.*]

X. AGNUS DEI

Frontera que quitas el pecado del mundo, ¡ten piedad de nosotros!

Frontera que quitas el pecado del mundo, ¡ten piedad de nosotros!

Frontera que quitas el pecado del mundo, dichosos los invitados a cruzarte.

Esta es la madre de todas las fronteras. Y todas las fronteras somos una sola.

[*Petición al público*]. Por favor, todos: "ruega por nosotros".

[*Se agregan o cambian los países mencionados, según los conflictos internacionales de la actualidad.*]

Frontera entre Rusia y Ucrania, ruega por nosotros.

Frontera entre China y Taiwan, ruega por nosotros.

Frontera entre Estados Unidos y el resto del mundo, ruega por nosotros.

Frontera entre Israel y Líbano, ruega por nosotros.

Frontera entre Israel y Palestina, ruega por nosotros.

Frontera entre Israel y Palestina, ruega por nosotros.

Frontera entre Israel y Palestina, ruega por nosotros.

Palestina libre, rogamos por ti.

Fronteras entre géneros, credos, pensamientos distintos... rueguen por nosotros.

Fronteras de la pobreza, de la necesidad, de la ignominia... rueguen por nosotros.

Todos somos la misma frontera.

Peregrino del mundo, recorro las ciudades para dar a conocer el evangelio. Que yo era incrédulo pero ahora tengo el corazón encendido de pasión.

Señora, por favor escúcheme. Señor repartidor de cocacola, señor paletero, señora profesora. Escúchenme: Vengo a estas tierras a proclamar La Verdad y esa verdad es indivisible, alimenta a los que tienen hambre, da esperanza a los que les falta fe.

XI. CONVÉRSIO

Carta del apóstol Luisumberto a "los lectores de Penguin Random House".[3]

De Luisumberto, llamado por voluntad del Señor a ser apóstol de la frontera y su música.

"A ustedes, lectores, lectoras que, consagrados por el tiempo que dedican a los libros Debolsillo, serán llamados también fronterizos".[4]

Quizá deba explicarme. Para mí el rocanrol era la única verdad. Yo era uno de esos rocanroleros ortodoxos, rudos e implacables. Usaba pantalones de mezclilla raídos y camisetas con la efigie de Jim Morrison. Tenía el cabello largo, no me bañaba, no me cepillaba los dientes.

---

[3] Esta parte, entre comillas, se adapta al lugar donde se celebra la Misa o a la ocasión por la que se celebra.

[4] Igualmente, este párrafo se adapta al público que presencia la Misa.

Me deleitaban los Beatles, los Rolling Stones, Santana, los Who y todo aquel buen rock que, según yo, circulaba en el aire antes de la llegada de la música disco, que había mandado todo a la mierda.

No lo hubiera admitido en aquel entonces, mi pasado pagano, pero ser un rocanrolero de línea dura tenía sus desventajas sociales. Si algún amigo me invitaba a una fiesta en su casa, se daba por hecho que yo llegaría con mis discos, rigurosamente de vinilo, y no permitiría que se tocara otra cosa.

Comencé a perder amigos, incluso a los que yo consideraba mis aliados más cercanos. Ellos se volvían progresistas, escuchaban grupos nuevos, hip hop, electrónica, rock en español y luego intentaban convencerme de nuevas bandas que, según ellos, seguían los caminos de Dylan y Bowie.

No hice caso de sus palabras, los llamaba traidores, les dejaba de hablar y me encerraba en mi casa, abrazando mis elepés de *Abby Road* y *Let it Bleed*. Me sentía cada vez más solo, convencido de tener razón.

No me importaba ser el último rocanrolero del planeta; si así fuera, ni modo. Nadie me doblegaría. Nadie.

Hasta que sucedió.

Y lo documento aquí, en esta feria del libro, en este zócalo histórico, para ojos y oídos de todos ustedes.

Porque una vez fui ciego y ahora he encontrado el Verdadero Camino. Una vez, sin saberlo, naufragaba, y ahora he descubierto tierra firme, mi hogar, mi cabaña, mi destino.

No hace mucho tiempo, damas y caballeros, viajaba a través del desierto de Sonora en un viejo Volkswagen, rumbo a un poblado llamado Damasco, donde debía realizar algunas diligencias.

Hacía un calor de la chingada, incluso en la noche, que yo resistía escuchando canciones de Led Zeppelin en mi viejo aparato de casetes. De pronto se apagó la música, el bocho dejó de funcionar y cayó sobre mí una intensa luz proveniente del cielo.

Salí del carro bastante asustado, quise huir pero la luz me tumbó.

Hombre de poca fe, creí que se trataba de uno de los tantos objetos voladores no identificados que anuncia Jaime Maussan y que más de un ranchero ha mencionado que se avistan en el desierto. Pero no.

Era mucho más que eso. Una intensa luz y una voz intensa que me decía:

—Luisumberto, Luisumberto, ¿por qué me persigues?

La voz era clara y, a pesar de que aparentaba venir desde muy lejos, la escuchaba como un murmullo cercano.

—¿Yo? Yo no persigo a naiden —le dije—. Yo solo voy pallá, rumbo a Damasco.

Guardé silencio y la voz también guardó silencio. Nos quedamos callados un rato. Hasta que pregunté:

—Mmmmm... y a todo esto, mmmm... ¿quién es usté y qué se trae por estos lugares?

—Yo soy el pastor que anda en busca de su oveja descarriada. Ahora, jubiloso por haberla encontrado. Soy José Alfredo Jiménez.

Híjole, si existía un mexicano que no sabía quién era ese tal José Alfredo, era yo. A mí que me preguntaran los signos zodiacales de los Beatles: libra, géminis, piscis y cáncer.

Era tan ignorante en aquella época que ni siquiera sabía quién era el Señor. No sabía de sus canciones, de su pasión y de su sacrificio para salvar a los pecadores, aquellos que se habían alejado de la Verdadera Música, como yo, como tantos otros.

Porque Él bien me lo dijo aquella noche, rumbo a Damasco:

—Solo la Música es la Palabra. Solo en sus corridos, huapangos, cumbias, polkas y en sus ritmos sabrosones se puede encontrar el auténtico significado de la vida.

—Pero yo quién soy —le dije—, un humilde rocanrolero. Seguramente hay otros en el mundo, más capacitados para difundir Su palabra.

Me resistí. Estaba cabrón cambiar así, de la noche a la mañana. Yo qué sabía de esas cosas. Para mí era música horrible, como el reguetón. No me daba cuenta de que yo era el candidato ideal: si un rocanrolero de línea dura, como yo, pregonaba la música de México, más de uno sabría que esa era la verdadera verdad y se convertiría a la Causa sin pensarlo dos veces.

—No dudes —me dijo el Señor—. Yo mismo, en una época, me desvié del Camino creyendo que el rocanrol era mejor que las rancheras.

—¡No me diga!

—Sí, por eso ahora quiero que recorras el mundo, quiero que pregones en nombre mío. "Quizás algún día te publiquen en Penguin Random House".[5]

Llegué a Damasco en la mañana y me compré lo necesario: botas y sombrero, pantalones de mezclilla nuevos, cinturón grueso con hebilla plateada.

Mis amigos se sorprendieron al principio; pero me aceptaron al darse cuenta de que era mucho más tolerante y buena persona con ellos.

Mi labor evangelizadora ha sido tranquila. Cada domingo recorro las casas y hablo de mis creencias y de las palabras del Señor. "En el principio fue José Alfredo Jiménez". Y alguna gente me escucha y exclama: "¡La vida no vale nada, no vale nada la vida!". Y otra gente, cada vez más poca, me dice "Sorri, en este hogar solo se escucha a Bad Bunny".

Contento y en paz con el mundo sigo mi largo camino. El desierto se extiende mucho más allá de los Estados Unidos, mi destino es recorrer el mundo, llevando como armas solo la Palabra y la Música.

Amén.

---

[5] Igualmente, se adapta.

XII. DESPEDIDA

Estas son palabras del Señor… Jiménez:

> Vengo a cantarte mi despedida
> pa' que te acuerdes de un pobre amor.
> Quiero dejarte toda mi vida
> entre las notas de esta canción.

Damas y caballeros: Solo me resta invitarlos a cruzar las fronteras.

Cuando ustedes vean una; cuando estén frente a ella y sientan el poderoso llamado, no se aten a los mástiles, no cierren los ojos, no pasen a su lado con gran indiferencia; arrójense, más bien. Crucen, crucen, crucen.

Que no quede una frontera en este mundo sin cruzar, crúcenlas todas, que al fin para eso están ahí. Para eso delimitan, para eso nos restringen, nos retan, nos agreden. Para eso, para que acabemos con la división que forman, para desaparecerla en el momento que la traspasamos.

Y si alguien les impide el paso, ustedes pasen.

Y si les dicen que no lo hagan, ustedes pasen.

Y si les dicen que nada tienen que hacer ahí, ustedes pasen.

El mundo es de todos y todos estamos invitados a la fiesta.

[*Haciendo la señal de la cruz, bendiciendo al público.*]

En el
norte
Estados Unidos,
en el sur México; en medio,
de este
a oeste,
una
franja.

Hermanos, vayamos en paz, esta misa ha terminado.

Luis Humberto Crosthwaite durante la celebración de la Misa Fronteriza en la XXIV Feria Internacional del Libro Zócalo Ciudad de México, 17 de octubre de 2024. Captura de video cortesía de la Brigada para leer en libertad, A.C.

Puedes ver un fragmento
de la Misa Fronteriza en Instagram, leída por LHC
durante la XXIV Feria Internacional del Libro Zócalo
Ciudad de México, escaneando el siguiente código:

Esta obra se terminó de imprimir
en el mes de julio de 2025,
en los talleres de Diversidad Gráfica S.A. de C.V.
Ciudad de México